LO QUE APRENDÍ AL MORIR

Escorce, Hugo Andrés
    Lo que aprendí al morir / Hugo Andrés Escorce; edición literaria a cargo
de Luis Pedro Videla. - 1ª ed. Buenos Aires: Deauno.com, 2011.
    244 p.; 21 x 15 cm.

    ISBN 978-987-680-016-7

    1. Narrativa. Superación. I. Videla, Luis Pedro, ed. lit.; II. Título.

    CDD 158.1

© 2011, Hugo Andrés Escorce
© 2011, Deauno.com (de Elaleph.com S.R.L.)
© 2011, Luis Videla, edición literaria

contacto@elaleph.com
http://www.elaleph.com

Para comunicarse con el autor. em_hugoandres@hotmail.com

Primera edición

ISBN 978-987-680-016-7

Hecho el depósito que marca la Ley 11.723

Impreso en el mes de junio de 2011 en
Docuprint S.A..,
Bucarelli 1160, Buenos Aires, Argentina

Hugo Andrés Escorce

Lo que aprendí al morir

deauno.com

DEDICATORIA

Dedico estas palabras a Dios, quien me ha bendecido al tener la familia que tengo, los amigos que he conocido y los que conoceré, quien me ha dado todos los momentos vividos y los que viviré y quien me ha permitido comprender la diferencia entre estar vivo y vivir, pues todos moriremos algún día, pero vivir, no todo el que está vivo lo logra.

Mensaje para los lectores

Toda mi vida he sido un soñador, sin embargo, desde hace varios años entendí que simplemente soñar no traerá ante ti aquello que anhelas, para lograrlo debes convertir esos sueños en metas, de tal forma que te comprometas a explorar los caminos que necesitas para llegar a ellos. De la felicidad he aprendido que: Primero, que no todos los momentos vividos serán felices, aunque te esfuerces porque así lo sean, segundo, que todos los caminos que conducen a tus metas, exigen esfuerzos y sacrificios, pero esto tiene un premio y es que disfrutarás mucho más, los logros obtenidos y tercero, que tu felicidad no puede depender de un solo sueño, hacer muchas cosas que te hagan feliz y disfrutar todos los caminos que recorras, aún si no llegas a la meta esperada, es la clave para vivir rodeado de felicidad.

No todos tendremos la fortuna de que el destino nos quite la vida que llevamos y nos obligue a cambiar, que nos obligue a pensar que es lo que verdaderamente queremos hacer y compararlo con lo que actualmente hacemos, por lo general el destino no se mete con eso, así que es tarea de cada quien morirse de vez en cuando. Matar la rutina, matar todo aquello que se hace y que no se quiere hacer, matar los malos hábitos, matar todo pensamiento negativo que nos impida conseguir lo que deseamos y luego de morirse, obligarse a nacer de nuevo, obligarse a aprender a caminar por los senderos que tenemos en nuestros sueños y convertir esos sueños en metas, obligarse a aprender cosas nuevas, obligarse a conocer personas nuevas, obligarse a ser ese ser humano que siempre se ha querido ser, obligarse a luchar por ser feliz.

Morir…
Todos moriremos algún día,
Vivir…
No todo el que está vivo lo logra…
No sólo estar vivo es vivir,
Se puede vivir para morir,
Más yo, me muero de ganas de estar vivo,
Para así, poder vivir.

Brian Rees

Brian Rees, un exitoso hombre de negocios, presidente y accionista de una gran empresa, casado con una mujer excepcional, conocedor del mundo y querido por todos, analiza –mientras se toma un trago en la barra de un bar–, cómo ha conseguido todo por lo que ha luchado y aún así no ha logrado ser feliz. En ese momento se propone cambiar por completo su estilo de vida y volver a retomar sus sueños de juventud. Sin embargo el destino se le adelanta y, al salir del bar, sufre un accidente mortal. Paradójicamente, luego de aquel día es cuando verdaderamente comienza a entender cómo quería vivir y qué debía haber cambiado en su vida para encontrar su felicidad.

Capítulo 1

Retorno

Jueves, diez y media de la noche, sentado en la barra de "Retorno" –un viejo bar que solía frecuentar cuando era joven y vivía aún en la ciudad–, estaba Brian, sin reconocer a ninguno de los que visitaban el lugar en esa noche. Observando, mientras tomaba un trago, se daba cuenta de que el ambiente del lugar continuaba similar a la época en que lo solía frecuentar, los jóvenes acudían a "Retorno" para rematar sus semanas de clases hablando, ya fuera de lo mal profesor que era algún docente, de la buena o mala calificación que se merecía alguna compañera, de lo difícil que había sido el último examen o de cómo iba a quedar el juego del fin de semana. Y todo aquello se hacía mientras se ahogaban en alcohol las mismas neuronas que habían pasado la semana entera estudiando y trasnochando haciendo informes, muchos de los cuales no aportaban nada adicional a los estudiantes, más que quitarles el sueño y hacerles perder cabello.

Brian intentaba recordar, bajo las caras de los que ahora veía, los rostros del pasado.

¿Por qué ya nadie de los que en aquel tiempo solían frecuentar el lugar, no lo hacían ahora? –se preguntaba–. *¿Todos se habrían mudado de ciudad como yo?*

¡Imposible!

¿O será que ya todos se sentirán tan viejos como para no encajar en este ambiente? No creo, además cuarenta y nueve años no son tantos... ¿o sí? –Se preguntó a sí mismo, con un toque de sarcasmo interior–. *Quizás existan otros bares mucho mejores en la ciudad... tal vez, pero a un hombre eso le importa poco, un bar es como un refugio, no importa que hayan otros, si uno se siente a gusto siempre volverá y de hecho, quizás por esa misma razón, veinte años después, yo estoy en este lugar.*

Como era de esperarse, en un bar tan bohemio como "Retorno", no era Brian el único solitario y melancólico de la noche. En el otro extremo de la barra, había un hombre que aparentaba tan solo unos pocos años menos que él, cejas grandes, pelo hasta las orejas y con al menos una semana sin afeitarse, fumando un cigarrillo y tomando un trago. Miraba de reojo igual que él, a todos los jóvenes que entraban al lugar y, curiosamente, a Brian se le hacía familiar el rostro de aquella persona aunque no lo relacionaba con ningún antiguo compañero o amigo de juventud.

Coincidió con que mientras Brian lo miraba, intentando recordar de donde lo podía conocer, aquel hombre levantó rápidamente su rostro y lo miró fijamente y sonriendo. De inmediato hizo un saludo con su trago y Brian respondió de igual forma sin demostrar mucha afinidad, retornando nuevamente la mirada a su vaso, un minuto después, aquel hombre se levantó de su lugar y se dirigió directamente a él.

Qué cosa, ¿será que sí nos conocemos? ¿O ahora resultará que este es uno de esos apóstoles de alguna de esas religiones raras en donde a todo el que ven lo quieren convertir, o será vendedor de seguros o el gay de la noche y debe creer que yo también...? ¿Ahora cómo me deshago de él? –Pensaba Brian, intentando disimular mientras lo veía acercarse.

Cuando estuvo a dos pasos de él, aquel hombre preguntó:

–¿No nos conocemos de algún lado? Su rostro se me hace familiar.

A Brian le sorprendió que lo dijera pues él estaba pensando lo mismo. Sin embargo, no dijo nada al respecto y tan solo extendió su mano diciendo:

–No, no creo que nos conozcamos, pero mi nombre es Brian Rees, mucho gusto.

–¡Ah! ¡Rees! ¿Usted no fue jugador en el equipo de la universidad? Sí, ya recuerdo, usted fue quien sufrió ese accidente en el puente, ¿no se acuerda de mí? Me llamo Jacob, yo estaba en el hospital acompañando a mi hermana que estaba dando a luz esa misma noche que ingresaron usted y su novia. Usted y yo cruzamos un par de palabras esa noche, pero quizás no se acuerde de mi cara porque yo apenas comenzaba la universidad cuando usted estaba terminando. Qué pena lo de aquel día, bastante falta que usted le hizo al equipo de la universidad ese año. Recuerdo también la marcha, la misa y los minutos de silencio que se hicieron en honor a su novia ese año y que incluso se repitieron por un par de años más en la universidad. No creo que nadie de aquella época haya olvidado esa tragedia.

Brian realmente no lo recordaba a él, pero se sintió conmovido de que él si lo hiciera y no le prestó más atención al tema de averiguar quién era, pues tan solo pensar en ese día le causaba un gran dolor. Además recordaba que en esa noche, muchas personas de universidad lo habían acompañado.

Rápidamente comenzó entre ambos una conversación muy amena, reviviendo recuerdos del pasado y, mientras lo hacían, Brian reflexionaba acerca de todas aquellas personas que, por desconfianza, vergüenza o soberbia dejaban de conocerse, como hubiera sido el caso de Jacob, ya que si hubiera sido por él, jamás habría cruzado una palabra con este personaje.

Ya después de varios tragos, algunos chistes y recuerdos del pasado, Brian sabía cómo Jacob había terminado de estudiar Historia en la misma universidad y nunca se había desvinculado de ella, pues había seguido trabajando y estudiando allí. Actualmente era profesor y había estudiado otras dos carreras, Arte y Filosofía. Su vida le parecía bastante interesante, se había dedicado a aprender todo lo que le gustaba. Su sueldo no era para hacerse millonario, pero la universidad le había patrocinado gran parte de sus estudios y viajes. Ambos coincidieron en conocer algunos lugares del mundo pero a Brian le asombraba cómo Jacob había apreciado tantas cosas de aquellos lugares, de las que él, en sus vacaciones o viajes de trabajo, nunca se había percatado. Casi de inmediato le dieron deseos de volver a estar en cada uno de esos sitios y la conversación lo hizo sentir un poco tonto ya que, en parte, había desperdiciado muchos de esos viajes y se daba cuenta que realmente era poco lo que había aprendido de los lugares que suponía conocer.

Igualmente, Brian ya le había comentado a Jacob cómo después de graduarse en Administración de Empresas, había entrado, impulsado por un amigo publicista, al negocio del Mercadeo y la publicidad, en el cual tuvo la suerte de haber tomado unas cuantas decisiones acertadas que le habían permitido trabajar en un par de importantes compañías que forjaron su talento y le impulsaron posteriormente a montar su propio negocio.

Brian También le había comentado a Jacob cómo, de sus épocas de deportista en la universidad, sólo quedaba el recuerdo y una visita ocasional al gimnasio. Que a su esposa, Laura, la había conocido tiempo después del accidente en que había fallecido Samanta, su antigua novia y que fue ella quien más le sirvió de soporte luego de aquella tragedia, ya que en esa noche no sólo había perdido a su novia –que no pudo sobrevivir al choque–, sino también la posibilidad de continuar su trayectoria de deportista, pues se había lesionado gravemente un tobillo, y su rehabilitación tardó tanto que para cuando dejó de dolerle, ya llevaba tres años trabajando en su primer empleo y sus prioridades habían cambiado totalmente.

En la noche del accidente, un ebrio conduciendo perdió el control y se fue directo contra el carro de Brian, chocándolo del lado del pasajero por lo que Samanta recibió la parte más dura del golpe.

Brian le comentó a Jacob, cómo Laura y él se habían casado dos años después de ella terminar su carrera y cómo, luego de dos años de casados, se dieron por vencidos en la búsqueda de un hijo pues ella padecía de un problema en la matriz que se fue agravando con los años, lo que los llevó a la resolución de adoptar un bebé a quien llamaron Joseph –como el padre de Laura–, el cual había fallecido cuando ella era aún una niña. También le contó que Joseph había sido la felicidad de ambos hasta hacía tres años, cuando, al cumplir dieciséis, le permitieron ir de viaje a esquiar con un grupo de amigos, en donde una avalancha lo había atrapado, haciendo que perdiera la vida y cómo después de eso el matrimonio había cambiado totalmente, se había derrumbado y lentamente se comenzó a perder la comunicación entre ellos, hasta que finalmente sólo hablaban lo estrictamente necesario, casi, como dos extraños viviendo juntos. A ella la muerte de su hijo, le había dado mucho más duro que a él y Brian nunca pudo volver a darle una dirección satisfactoria a la relación. Además, ese mismo golpe había hecho que en los últimos tres años descuidara demasiado su labor como gerente de la propia empresa, por lo que hacía cuatro meses que su propia junta directiva había sugerido reemplazarle y aunque él era actualmente el principal accionista, tuvo que reconocer que las cosas no estaban marchando como debían y que en ese momento habían personas más capaces y con la mente más despejada e innovadora en el seno de la compañía, para hacerse cargo de la dirección.

Brian también le contó a Jacob cómo, luego de salir de la dirección de su empresa, los últimos cuatro meses se habían vuelto peor en el interior del hogar pues Laura y él vivían en desacuerdo en casi todo lo que hablaban así que, aprovechando que un colega y amigo suyo lo había invitado a un ciclo de conferencias sobre publicidad en varias universidades del país, hacía quince días que había salido de la ciudad donde vivía y se había ocultado en este proyecto para salir del pacífico tormento que estaba viviendo en casa.

Luego de toda esa confesión, Jacob le preguntó a Brian, si aún quería a Laura y él sin dudar le contestó que sí y que, luego de la muerte de Samanta, nunca había querido a nadie más que a ella, entonces Jacob continuó preguntando:

—¿Dirías entonces que ella es la única persona que puede hacerte feliz?

—Bueno esa es una pregunta compleja —contestó Brian—, cada cual puede interpretar eso de diferentes formas, sé que nunca he conocido a nadie más que me haga pensar en dejarla, ni cuando jóvenes, ni ahora, siempre he pensado que es una mujer maravillosa y en estos últimos años reconozco que lo que más me ha dolido no es la muerte de Joseph, aunque lo quería como a un hijo, sino el hecho de ver cómo eso la ha vuelto tan infeliz. Siempre he pensado que si existen tantas personas en el mundo, deben existir al menos varias que te puedan hacer feliz. Por ejemplo, sé que hubiera sido muy feliz con Samanta pero ella ya no está, además, ¿para qué buscar otra que te haga igualmente feliz que la misma con la que ya estás?

—Buena respuesta, pero ¿Crees que ella aún pueda ser feliz contigo? —Continuó preguntando Jacob.

—No lo sé ahora —dijo Brian—, pero creo que la hice feliz por muchos años y desearía poder hacerla feliz muchos más, aunque no veo la forma de cómo lograrlo. De hecho he pensado si el divorcio sería o no una buena opción, pero proponerle eso sería como decirle que ya no la quiero y no es cierto, aunque también he pensado que si seguimos juntos, quizás nunca volveremos a sonreír.

—¿Y qué fue lo cambió en ella?

—Luego de un par de meses de duelo, yo intenté seguir siendo el mismo y continuar con mi rutina pero ella parecía siempre reprocharme el que a mí no me doliera tanto lo que había sucedido y lo que más nos distanció fue que al tiempo ella me propuso volver a adoptar, pero en ese momento, las cosas se habían tornado muy complicadas en mi trabajo y aunque no me siento anciano y sé que ella, aunque tiene cuarenta y dos años, es fuerte y se conserva mejor que cualquiera con diez años menos, no me sentí con las suficientes fuerzas para volver a pasar por una adopción y, tristemente al final, ella no sólo se alejó más de mí, sino que tampoco conseguí sostener el liderazgo de mi empresa y las perdí a ambas.

–¿Y has estado con otra persona luego de la muerte de Joseph?

–Después de la muerte de Samanta, nunca he conocido quien me llamara más la atención que Laura. Cuando éramos jóvenes, por supuesto que me gustaban muchas mujeres pero, aunque suene estúpido, pensaba que si Samanta me estuviera viendo desde algún lugar no le gustaría que le fuera infiel a Laura.

–Y ahora que ya no estás como director de tu empresa, ¿por qué no volver a adoptar?

–Hace dos meses se lo propuse, pero ahora fue ella quien dijo que había perdido el interés. Luego de eso no le volví a insistir pues un bebé no es un juguete que se pueda devolver si no te gusta, quizás ella y yo aún nos queremos pero ya no nos amamos y es por eso que encontrar la felicidad juntos se ve tan complicado, o quizás el amor no exista realmente. A veces pienso eso, quizás lo que llamamos amor es sólo la combinación de la costumbre de vivir con alguien, unido con el temor al cambio o a quedarse solo.

–Brian, en parte tienes razón, el amor es una combinación de cosas pero es por eso que sí existe, amar es un sentimiento. Pero el amor es a la vez una decisión, es una elección personal, es un compromiso consigo mismo de comenzar a vivir con y para otra persona y es por eso que es complejo; amar no es complicado porque sea difícil encontrar una pareja, el amor es complicado porque requiere de mucha dedicación y esfuerzo, el amor no nace a primera vista, no aparece de la nada, se tiene que sembrar y cosechar, y ese cosechar encierra todas aquellas palabras que solemos decir con facilidad pero que poco aplicamos, palabras como afecto, respeto, interés, comprensión y perdón, y hay que tener en claro que aún con todo esto no es suficiente para mantenerlo vivo. Al amor siempre habrá que cuidarlo como a un niño, hay que demostrarle todos los días que estás ahí para él y hacerle ver que es importante, hay que estar innovando para evitar que llegue el aburrimiento y la monotonía, es tarea de nunca acabar, requiere de gran dedicación y entrega, debe volverse una prioridad y es por todo eso que el amor es complicado.

Capítulo 2

Prioridades

Luego de unos minutos de silencio, Jacob reanudó la conversación.

—Brian, ¿cuáles son tus prioridades actualmente? —preguntó.

—Creo que, en general, las mismas que he tenido en los últimos veinte años: hacer crecer mi empresa y hacer feliz a mi esposa.

—¿Y te gustan tus prioridades?

—Se han vuelto problemas que no he encontrado cómo resolver.

—Si son problemas, no son prioridades. Los problemas nos los encontramos en el camino de la vida, algunos de ellos son producto de la búsqueda de nuestras prioridades, de nuestras metas, pero un problema no es una prioridad, al menos que tu prioridad sea meterte en problemas. ¿Te has puesto a analizar que nuestras prioridades son importantes porque nosotros mismos queremos que lo sean? Por eso las prioridades de una persona son diferentes de las de otra y no necesariamente unas sean más importantes que otras.

—Pero yo creo que hay prioridades que no se pueden comparar, por ejemplo, no es igual de importante la prioridad del presidente de un país, que tiene que trabajar por sacar una nación entera adelante y hacer que millones de personas estén a gusto con él, que la de otra persona que tan solo tiene como prioridad hacer feliz a su pareja o criar un par de hijos.

–¿Y cómo sabemos que a Dios le importa más las prioridades del presidente que las del esposo? No lo sabemos, sólo especulamos. Pueda que sean diferentes pero no necesariamente una prioridad es más importante que otra, la importancia se la damos nosotros mismos, además, ¿qué es más complejo de mantener contento, a un país o a un amor? La pregunta no es realmente cuál es más difícil, sino ¿cuál nos importa más? Para el presidente, sacar adelante su país es su trabajo, adicionalmente no está solo para lograrlo, siempre tiene colaboradores. En cambio, ¿quién le está ayudando a ese esposo a mantener el amor con su pareja, después de llevar años de casados? Y ¿quién le está ayudando a criar bien a sus hijos para que sean gente de bien en el futuro? Como ves, ninguno gana, simplemente son prioridades diferentes.

"Es obvio que existen ciertas prioridades que son comunes y para todos, alimentarse, vestirse, preservar la vida; pero aunque hay mucha pobreza en el mundo, también hay muchos que ya tienen resueltos estos asuntos, entonces suele suceder que las ampliamos y complicamos, si lo que quieres es comer siempre en los mejores restaurantes y vestirte con las ropas más costosas, entonces ahí la prioridad ya no es la misma, sino que aparece otra nueva que es tener más dinero, lo cual no es malo, ni creo que Dios lo condene, como mucha gente piensa, lo que puede ser malo son los métodos que se elijan para alcanzarlo.

"Las prioridades no son impuestas, son buscadas, nadie te obligó a montar una empresa y dirigirla, nadie te obligó a casarte e intentar hacer feliz a una mujer. En la gran mayoría de los casos, nosotros mismos elegimos qué queremos que sea prioridad en nuestra vida y entendiendo eso, entonces ¿por qué no poder cambiar de prioridades si no estamos contentos con las actuales?"

—Supongo que por los compromisos que vamos adquiriendo en el transcurso de la vida, por ejemplo, si de repente, yo quisiera poner como prioridad en mi vida, escalar el Everest, tendría que prepararme, ejercitarme, desconectarme de todo lo que actualmente hago. Pero ¿qué pasaría con mi esposa? ¿Qué pasaría con mi empresa?

—¡Esa es la gran pregunta! ¿Si quiero cambiar mis prioridades, que pasará con todo lo que tengo y todos los que me rodean? Pocas personas en el mundo se llegan a hacer esta pregunta y dejan que la rutina sea su prioridad, lo cierto es que si se sigue haciendo lo mismo, se seguirán obteniendo los mismos resultados, quien quiera lograr algo que nunca haya logrado, tendrá que hacer cosas que nunca haya hecho antes. Sin olvidar además que para obtener algo, usualmente, siempre hay que abandonar algo.

"La respuesta a esa pregunta es personal, cada quien la debe encontrar, pero creo que uno debe tener en claro cinco cosas al momento de buscar la repuesta:

"Primero, una prioridad no es un problema, es un reto. Si realmente una prioridad se ha vuelto un problema que no quieres cargar, que además la sientes como un estorbo y ya no hay nada que te anime a conquistarla, nadie más que nosotros mismos, nos obliga a seguir cargando con ella.

"Segundo, hay prioridades mayores que otras, pero sólo porque uno mismo desea que así sean, si quieres escalar el Everest y hacer crecer tu empresa, debes analizar cuál de las dos es más prioritaria para ti pero no para los demás, pues en tal caso, casi todos dirían que la segunda es más importante y que luego de conseguirla se podrá sacar tiempo para la primera, pero quizás unos pocos te dirán que es mejor conquistar el Everest ya que si te dedicas primero a tu empresa, para cuando ella crezca, ya no tendrás la edad adecuada para luchar una meta tan extenuante, por eso esta es una respuesta personal.

"Tercero, dos personas pueden vivir juntas teniendo prioridades diferentes, pero una pareja debe tener, al menos, una prioridad en común. Si esto no es así, por más que se quieran, no vivirán felices y como esto es una verdad, si se quiere verdaderamente a alguien y no se tiene ninguna prioridad en común, o bien se debe buscar alguna que los una, o se debe dejar que cada quien busque sus prioridades por separado. Una pareja sin, al menos, una prioridad en común, no encontrará la felicidad.

"Muchas parejas no tienen prioridades en común tan solo porque no caen en cuenta de lo que te acabo de decir, pues si llevan años juntos es porque seguramente hay muchos gustos que comparten. En ese caso, lo que deben hacer es buscar esa prioridad compartida. En otros casos resulta que dos personas, aunque se quieran, difícilmente encontrarán esa prioridad común, en ese caso, como dije, lo más recomendable es separarse.

"Cuarto, toda decisión trae consigo un sacrificio o una pérdida y es por eso que a veces es tan difícil tomar decisiones radicales, pues nos da miedo el cambio, vivimos apegados a la rutina, tanto que hacemos de esta una prioridad, pero si se quiere cambiar radicalmente, se deben tomar decisiones radicales.

"Quinto, no hay ningún momento que se repita, nunca volverá a existir el hoy y el mañana serán el ayer después de que pasen, el tiempo es único y precioso, por lo que se debe exprimir hasta la última gota, por tal razón, aunque no se puedan conseguir todos los éxitos que se sueñan, se debe intentar lograr la mayoría de ellos. No habrá nada más triste que llegar al final del camino y darse cuenta que uno se pasó la vida queriendo hacer muchas cosas pero nunca dio paso para comenzarlas. Es mejor intentar y no lograr, que nunca intentar, pues al intentarlo, aunque no se obtenga el resultado deseado, siempre se aprenderán cosas nuevas.

"¿Qué sucede con las personas que en un instante pierden a todos sus seres queridos? ¿O en un instante quedan inválidos? ¿O en un segundo pierden todos sus bienes? Seguramente, la mayoría de sus prioridades cambian de manera radical, y no quiere decir necesariamente que, pasado el tiempo, esas personas no puedan llegar a ser igual o hasta más felices de lo que eran antes, pero es muy triste saber que a la mayoría de los seres humanos necesitamos que el destino nos de un vuelco en la vida para poder cambiar nuestras prioridades. Lo ideal fuera que, teniendo el control de la situación, cada uno buscara lo que realmente desea tener y uno mismo le diera ese vuelco a su vida".

Capítulo 3

Giro en contravía y cambio de vida

En muchos años, Brian no había tenido una conversación tan grata como la de esa noche. Se quedaron hablando hasta la hora en que cerraron el bar, luego de eso y teniendo varias copas de más en la cabeza, se despidieron y cada uno cogió su camino.

Brian pensó que no era importante saber adónde podría ubicar a Jacob en el futuro pues la estadía en su ciudad natal era sólo hasta esa noche, al día siguiente partiría nuevamente, además ya nada le ataba a ese lugar, sus padres ya habían muerto, no tenía hermanos y con sus amigos de juventud no había vuelto a hablar desde que se había marchado, diecinueve años atrás.

Pocos minutos después, Brian estaba conduciendo el auto que había alquilado rumbo a un hotel que hacía treinta años no hubiese imaginado que podía llegar a pagar, pensando en todo aquello que había hablado con Jacob y de las reflexiones acerca de cuántas cosas había querido hacer y nunca las puso como prioridad en su vida.

Como dijo Jacob, *Lo esencial es hacerse la pregunta, ¿Quiero cambiar mis prioridades sin importar la edad que se tenga? Y si quiero cambiarlas, ¿qué pasará con todo lo que tengo y todos los que me rodean? Todo cambio trae un sacrificio o una pérdida, pero perder puede ser ganar. ¿Qué estoy dispuesto a sacrificar en la búsqueda de mi felicidad?*

Brian Comenzó a enlistar mentalmente todo aquello que desde joven había querido hacer, pero sabía que debía ser realista y a sus cuarenta y nueve años, aunque gozara de buena salud, ya no iba a lograr ser uno de los mejores jugadores del mundo y difícilmente escalaría el Everest, sin embargo aún tenía una larga lista de sueños que sí podía cumplir, entonces bajó los cristales del auto para sentir el aire de su ciudad y aumentó la velocidad para que entrara la brisa de la noche y le ayudara a relajarse y pensar.

Pensó que aunque ya había estado en algunas de las ciudades más populares del mundo, por vacaciones o por trabajo, siempre había querido ir a otra clase de lugares como el Polo Sur, la Isla de Pascua o Nueva Zelanda; pasear por el Amazonas o cabalgar por las montañas Escocesas y conocer el Himalaya, pero, aun pudiendo, nunca lo había hecho.

Siempre había querido aprender algún deporte nuevo, como un arte marcial, surfear, navegar por mar abierto, o correr a toda velocidad, aunque fuera una sola vez, en un auto de carreras.

Siempre había querido aprender francés, cocinar como un verdadero chef y aprender a tocar el piano.

En cuanto a los negocios, siempre había soñado con comenzar nuevos proyectos. Al fin y al cabo, Brian era un administrador, su pasión era por los negocios y no exclusivamente por el negocio de la publicidad.

Mientras pasaban por su cabeza todas aquellas metas que aún le faltaban por realizar, intentó conectar alguna de ellas con Laura, pero en ninguna vislumbró claramente una conexión. Entonces comenzó a darse cuenta que la mayor parte de la vida juntos había sido feliz sólo mientras los había unido la existencia de Joseph, su hijo adoptivo, pero que antes y después de él, habían sido más los momentos amargos que los gratos, pues al comienzo su matrimonio se vio nublado por la imposibilidad de tener un hijo y ahora su relación no podía ser peor. Entonces se dio cuenta que la adopción de su hijo se había dado, más por el hecho de verla a ella contenta, que por su propio deseo.

El problema ya no era ese, sino que no lograba conectar otro reto diferente con ella y sin embargo sentía que la amaba y quería que fuera feliz, pues había sido el segundo y último amor de toda su vida.

Si quiero cambiar mis prioridades debo hacerlo ahora mismo, ¿Por qué seguir preocupándome por cosas que no me motivan? Vivir bien es convertir el tiempo en experiencias agradables, el destino no está creado, es el puente que uno construye hacia lo que desea conseguir. La felicidad no sólo está en hacer lo que uno quiere sino en querer lo que uno hace, si ya no me está haciendo feliz controlar mi empresa o vivir mi vida personal como la estoy llevando, ¿por qué no comenzar el cambio ahora mismo? Dejar para mañana lo que se puede hacer hoy, no sólo es una pérdida de tiempo sino que quizás no haya un mañana para poder realizarlo.

Brian había decidido darle un giro completo a su vida, pero sólo recordaba haber estado conduciendo a unas pocas cuadras del hotel, pensando en los sueños aún no cumplidos, mientras daba una vuelta en contravía para acortar camino, suponiendo que a esa hora era poco probable encontrar otros vehículos o a un policía de tránsito en la vía y menos por esa zona.

Sin embargo, aunque él no lo recordaba, se había topado con un tramo de la calle que estaba en reparación, una volqueta y maquinaría parqueadas para tal fin teniendo las iluminaciones de prevención sólo del lado opuesto de la calle, ya que ese era el sentido de la vía así que, la oscuridad de la noche, sumada a la velocidad con que iba y la cabeza algo nublada por los tragos que tenía encima, sumadas al poco cuidado que estaba teniendo al conducir, hicieron que su reacción no fuera lo suficientemente rápida y había chocado.

Su vehículo golpeó de frente con la volqueta y luego dio trompos, golpeándose con todo lo que estaba en la calle hasta que finalmente se volcó dando varias vueltas por el suelo.

Momentos después, Brian sentía que estaba golpeado y que tenía heridas por todo su cuerpo. Le dolía mucho la cabeza y veía sangre en toda su ropa. Intentó abrir la puerta del auto, pero su cabeza daba tantas vueltas que no encontraba cómo hacerlo. Pensó en Laura, en la estupidez que había acabado de cometer, haciendo una contravía innecesaria que, a esa hora y sin tránsito, tan sólo le hubiera ahorrado un minuto de recorrido. Pensó en todo lo que venía analizando y cómo en un abrir y cerrar de ojos pueden cambiar todas las prioridades, se dio cuenta que moriría sin haber intentando alcanzar todo aquello que acababa de listar.

Justo cuando Brian logró salir por la ventana frontal del auto, escuchó vagamente el sonido de unas sirenas lejanas y en ese momento se desmayó.

Capítulo 4

Despertar sin saber que estás muriendo

Brian despertó con un gran dolor de cabeza. Sentía que la cama entera le daba vueltas, no podía siquiera respirar bien, percibía el aséptico olor de las medicinas y el alcohol y los párpados le pesaban cuando intentó abrirlos. La luz del lugar era blanca y no escuchaba a nadie cerca de él.

A su izquierda, logró ver borrosamente una bolsa de suero colgando de un soporte metálico y con una manguera que bajaba hasta su brazo.

Estoy en un hospital –pensó. *Al menos me encontraron rápido. ¿Cuánto tiempo llevaré dormido? ¿Por qué no hay nadie acompañándome? ¿Laura ya se habrá enterado?*

Volvió a quedarse dormido...

Al abrir nuevamente los ojos, tenía un hermoso rostro en frente suyo, tomándole el pulso. Aunque aún se sentía muy adormecido, estaba bastante mejor que la primera vez que había despertado. No pudo disimular lo sorprendido que se hallaba ante la belleza del joven rostro de mujer que veía, expresión que fue muy evidente para ella, quien sonrió.

–¿Cómo te sientes? –Preguntó la enfermera.

–Como si me hubiera estrellado contra un camión –respondió Brian, intentando hacer un poco de broma,

porque sabía que eso era lo que precisamente había sucedido aunque, qué curioso, no se sentía tan grave para
la magnitud del accidente que sabía que había tenido.

–No sé si así se sienta una sobredosis casi letal, pero
sí sé que es igual de peligrosa –contestó la enfermera.

Brian no entendió muy bien el chiste y supuso que
ella pensaba que había chocado por estar drogado, pero
igual se sonrió para no parecer estúpido.

–¿Cuánto tiempo ha pasado?

–Más de cuarenta y ocho horas desde que te trajeron
y tuviste suerte, si no te hubiesen encontrado tan rápido,
ya estarías tocando un arpa.

–¿Ya avisaron en mi casa?

–Yo acabo de empezar mi turno así que no estoy se-
gura si alguien ha venido a preguntar por ti, pero no te
preocupes, por ahora descansa, eso es lo más importante,
yo voy a averiguar si ya le reportaron a tus familiares.

Brian se durmió de nuevo y cuando despertó, pudo
observar por la ventana que otra vez era de noche.
Nuevamente estaba solo en la habitación. Afuera, en el
pasillo, se escuchaba muy poco ruido. Sintió la necesidad
del ir al baño, así que se paró de la cama sintiendo su
cuerpo débil pero con capacidad de moverse. La luz de
la habitación estaba apagada pero con las luces de la calle
que entraban por la ventana, bastaba para identificar la
dirección que debía seguir.

Entró al baño y mientras sostenía con su mano derecha el soporte del suero, buscó con su mano izquierda
en las paredes del baño hasta encontrar el interruptor
para encender la luz. Cuando ésta se encendió, el espejo
coincidía estar justo en frente de él.

–¡Ahhhh! –Gritó Brian, al mirarse en él.

No podía creer lo que había visto.

Cayó al suelo y la manguera que bajaba de la bolsa de suero se despegó de su brazo, pero en ese momento poco le importó. Se puso de nuevo en pié y se miró nuevamente al espejo.

¿Qué sucede?, no comprendo, ¿qué me pasó? ¿De quien es esta cara? ¿Quién es él? –pensó.

Estaba aterrado. Su cara era totalmente diferente, también su cuerpo. Se tocaba una y otra vez el rostro frente al espejo y no podía entender lo que sucedía.

¿Quién es esta persona? ¡No soy yo!... Pero... sí soy yo, pues soy yo el que estoy aquí parado frente al espejo de este baño, ¿qué pasa? Brian, piensa, eres uno de los tipos más inteligentes que conoces, ¿qué puede estar pasando? ¿Serán las drogas que me han dado en este hospital? ¿Estaré soñando? ¿¡Qué pasa!?

Apagó la luz del baño, salió de él sin mirar atrás y volvió a acostarse, esperando a que amaneciera.

Su esfuerzo por dormir fue infructuoso. Toda la noche estuvo despierto pensando en el rostro que había visto frente al espejo y esa imagen le generó un extraño temor que le impedía llamar a una enfermera o alguien que le ayudara o a explicar lo que sucedía. Cuando la luz del sol comenzó a iluminar la habitación, se levantó nuevamente de la cama y comenzó a caminar, de manera muy lenta, hacía el espejo del baño.

¡Ahhhh! –Gritó de nuevo.

Ahí está otra vez, ese rostro, ese cuerpo... –dijo una voz en el interior de su cabeza–. *¿Qué pasa?*

En ese instante, entró a la habitación la misma enfermera del rostro angelical que había visto la primera vez que despertó luego del accidente, quien percibió de inmediato su cara de asombro.

De inmediato, Brian entendió que ella no comprendía el porqué de su asombro, así que preguntó:

–¿Cómo me llamo?

–¿Qué?

–¿Cómo me llamo? ¡Dime cómo me llamo, por favor!

Pues no sé cómo te dicen, pero en todos tus documentos dice el mismo nombre, Tom Archer.

¿Tom Archer?... –Brian seguía mirándose el cuerpo e intentaba que ella no se diera cuenta de su problema, pues iba a creer que estaba loco.

–¿Y qué fue lo que me pasó? ¿Por qué estoy en este hospital?

–¿Cómo que por qué? ¿Así de mal estabas? Llegaste por una sobredosis, te encontraron tirado en la playa con más drogas en tu cuerpo que una farmacia.

–¿Drogas? Pero si yo nunca... ¿en la playa?

–Bueno amigo eso deberás explicárselo al agente policía que está esperando afuera y te recomiendo que seas muy convincente o si no pasarás un buen par de meses encerrado por intento de suicidio.

–¿Intento de suicidio...? ¿Qué? Pero... ¿están locos?

En ese instante, la enfermera dejó ingresar a la habitación un inspector, quien comenzó a interrogarlo. Como sabía que no le creerían la verdad, ágilmente, Brian inventó una excusa, que a su modo de ver, fue bastante convincente:

–Dígame, señor Archer, qué es lo último que usted recuerda estar haciendo, antes de haber despertado en este hospital.

–Estaba en un bar, conocí a un grupo de personas que me invitaron a la playa, nos fuimos todos juntos y no recuerdo más.

–¿Nombre del bar? –Preguntó el agente:

–"Retorno", según recuerdo...

–¿Intentó usted suicidarse?

–¡No, inspector...! Yo ni siquiera uso drogas, me fui con estas personas a la playa y luego de eso no recuerdo nada más.

En la descripción dada de los sospechosos, Brian intentó describir las caras de varias personas que había visto aquella noche en el bar, procurando que fueran de mesas diferentes pero que su descripción coincidiera con personas que habían estado esa noche en el lugar, por si el inspector indagaba, por lo menos los meseros recordarían personas similares y así su versión sería más creíble.

Luego de otras varias preguntas de rutina, le dieron una citación obligatoria en la corte para la semana siguiente, con la advertencia que si no se presentaba, se libraría de inmediato una orden de arresto.

Una vez terminado la declaración, se suponía podía irse –y de hecho tenía que hacerlo–, pues según lo que le informaba la enfermera, ya se encontraba mejor y el seguro médico de Tom Archer no cubría más gastos que los de emergencia.

Encontró en la habitación la ropa que supuestamente era suya, o por lo menos, de la persona en la que estaba metido. Así que se vistió y salió a caminar por el corredor hasta llegar al ascensor. Cuando éste se abrió, casi se desmaya al ver cómo salía de él su esposa Laura, con los ojos llorosos, junto con su colega Steve, con quien estaba haciendo la gira de conferencias que lo había llevado a esa ciudad. Ninguno de los dos ni siquiera lo miró. Él quiso hablarles, pero era lo suficientemente inteligente para entender que sería una locura, primero tenía que comprender que era lo que estaba sucediendo y por qué tenía ahora otro cuerpo.

Disimuladamente los siguió hasta que los vio entrar a una habitación y cuando se asomó, vio cómo estaba él –o sea, su cuerpo–, acostado en una cama, conectado a varios tubos y mangueras, con heridas por todas partes y totalmente inmóvil.

No pudo evitarlo y entró a la habitación. En ese momento todos se quedaron mirándole, e igualmente él los miró a todos. Quería saludarlos pero se contuvo y lo que hizo fue inclinarse a mirar detenidamente su cuerpo.

En ese momento Steve, su colega, le preguntó:

–Disculpe, pero… ¿usted conoce a Brian?

–Eh... yo... –vaciló.

En ese instante entró la misma enfermera que le había atendido y al igual que todos en la habitación, puso cierta cara de sorpresa.

Todos se quedaron en silencio por unos segundos y Brian sabía que era él quien estaba generando ese silencio, así que hábilmente dijo:

–Yo conocí a este hombre hace dos días en un bar, sé que se llama Brian, yo estaba ahí y crucé un par de palabras con él mientras estuve en la barra.

–Ustedes dos fueron traídos al mismo tiempo al hospital –dijo la enfermera.

–¿Y qué le pasó a usted? preguntó Steve.

–Me asaltaron cuando salí del bar y me dejaron tirado en la playa –respondió rápidamente y mirando a la enfermera para que no hiciera ningún comentario adicional.

–¿Y qué me... , digo, qué le pasó *a él*?, ¿Cómo se encuentra?

–Tuvo un accidente de auto, chocó contra un camión y por ahora no ha despertado, afortunadamente sus signos vitales están estables –respondió nuevamente la enfermera.

No pudo contenerse y agarró la mano de su cuerpo, intentando ver si sucedía algo, si volvía todo a la normalidad, pero no, ahí seguía inmóvil su cuerpo y de pié, en ese otro, seguía él.

Luego de eso no tuvo otra opción que salir de la habitación pues ya no se le ocurrió nada más para decir. Mientras caminaba desconcertado por el corredor, la enfermera lo alcanzó:

–Señor Tom... Tom... ¡Tom!, ¿no escuchas que te estoy llamando?

–Disculpa, estaba distraído –contestó, ocultando que en realidad no había caído en cuenta de que ese Tom al que escuchaba que llamaban, era él mismo.

–Toma esto, es tuyo. Cuando llegaste lo traías contigo. Disculpa por habérmelo quedado, sólo lo guardaba hasta que despertaras.

Ángela le entregó a Brian un dije de plata en forma de ángel, él lo miró y le pareció bastante lindo. Sin embargo, no le era familiar en lo absoluto.

–Perdona, ¿cómo te llamas? –Preguntó Tom para no ser descortés.

–Ángela –respondió la enfermera

Ese nombre causó cierta gracia en Brian, pues ahora resultaba que lo único que tenía de valor en sus bolsillos era un Ángel de Plata que la acababan de entregar.

Capítulo 5

Tom Archer

Brian, estiró su mano para recibir el ángel de plata. Al comienzo no le pareció familiar, sin embargo, al de salir del hospital, cuando lo miró nuevamente y con detenimiento, todo comenzó a pasar como una película acelerada en su cabeza. De repente empezó a saber todo de la vida de Tom: adónde vivía, qué hacía, cómo había sido su infancia, cuáles eran sus gustos y sus anhelos, todas las cualidades y defectos de aquel hombre cuyo cuerpo ahora ocupaba.

En esa película acelerada supo que Tom Archer, dos noches atrás, sumido en una profunda depresión, había intentado suicidarse con una sobredosis.

Toda esta información pasaba vertiginosamente por la cabeza de Brian y mientras se alejaba del hospital, su caminata por la ciudad traía cada vez más y más recuerdos de esa persona. Era como tener dos versiones de la ciudad en su mente, la que él recordaba de joven y la que percibía de los recuerdos de Tom. De repente lo sabía todo acerca él, de sus clases de arte y cómo se ganaba la vida pintando retratos y haciendo algunas esculturas o joyas baratas que solía vender y regalar a sus musas cuando no tenía como pagarles.

La vida de Tom había sido totalmente diferente a la de él, su niñez había sido bastante complicada. A los pocos días de nacido había sido entregado en un orfanato. Aunque su madre había seguido visitándolo con cierta frecuencia, había muerto cuando él tenía siete años, también por una sobredosis de drogas. De su padre sólo sabía lo poco que ella le había contado: que había sido un hombre que ella había conocido sólo por una noche, que se acostó con él por dinero y que aparentaba ser una buena persona; que sabía que era casado y que nunca tuvo forma de saber que ella estaba embarazada pues no volvieron a tener contacto. Hasta los diez años, Tom fue un niño bastante enfermo, sufría de asma y tenía un corazón débil, lo que contribuyó a que no fuera adoptado a temprana edad. Con el paso de los años su condición física fue mejorando, pero para entonces ya era un adolecente tímido y retraído, sin embargo muy servicial por lo que siempre ayudaba con agradecimiento y diligencia en las labores del orfanato.

Una anciana de pocos recursos pero de gran corazón había despertado en él su pasión por la pintura. Raquel, como se llamaba aquella mujer, solía ayudar gratuitamente al orfanato pues vivía cerca del lugar y no tenía otra cosa que hacer. A ella le gustaba pintar y solía hacerlo en un cuarto que los directores habían habilitado para que ella lo usara como gesto de gratitud por su labor desinteresada para la institución y, además, porque sabían que aunque ella nunca se había permitido vivir en una residencia para ancianos, le aterraba permanecer sola en su casa.

Cuando Tom tuvo quince años, ya había aprendido todo lo que aquella anciana le podía enseñar de pintura, Raquel, por su lado, se había encariñado con el joven y con los pocos fondos que tenía por la pensión que recibía de su difunto esposo, le pagó a Tom algunos cursos de pintura y escultura, los cuales él intentaba recompensar cuidándola y ayudándola en todos los quehaceres de su casa.

Raquel, murió cuando Tom tenía diecinueve años y aunque la mayor parte de sus pocas pertenencias quedaron en manos de sus dos hijos –a quienes Tom conoció en su velorio y nunca más volvió a ver–, aquella anciana le había dejado a Tom una pequeña suma de dinero, la cual bastó para ayudarle a partir del orfanato y comenzar una nueva vida.

En todo ese tiempo, Tom aprendió a pintar con toda clase de técnicas. También había logrado hacer esculturas en barro y a tallar la madera. A sus veinticinco años, Tom vivía solo en un pequeño departamento –y a la vez estudio– de los suburbios, y con muchas dificultades lograba ganarse la vida vendiendo cuadros y objetos que él mismo hacía, tarea para la que ponía en evidencia un talento extraordinario.

Hacía un par de años, mientras trabajaba en un taller, también había adquirido algunos conocimiento de orfebrería, los cuales unidos a su talento, le habían bastado para manufacturar curiosas joyas de bronce, latón y en el mejor de los casos, de plata y oro, aunque sólo recibía este tipo de encargos cuando alguna persona que ya poseía algunos de sus trabajos lo buscaba para que le diseñara una nueva joya.

Tom era un joven bastante amable y querido por quienes lo conocían, sin embargo era una persona aislada y solitaria, que pasaba sus días encerrado, pintando o haciendo artesanías y en eso gastaba todo su tiempo e invertía el poco dinero que ganaba.

Su vida amorosa era un desastre, no había tenido ninguna relación que durara más de un par de meses y no lograba sentirse conforme con ninguna de las mujeres que había conocido en el ambiente en el cual se movía. Tom no era realmente tímido, sin embargo, debido a su gran inconformidad prefería pasar sus días y noches en soledad, trabajando en el pequeño apartamento que rentaba.

Su juventud solitaria, la constante crisis económica en la que vivía y la imposibilidad de vislumbrar un futuro prometedor para su vida, habían conseguido que Tom terminara por caer en el abismo de la droga, del cual no le importaba salir. Eso lo había llevado a que, un día antes de cumplir veinticinco años, sumido en una honda depresión, tomara una sobredosis que por poco le quita la vida.

Brian pasó toda la noche revisando el apartamento de Tom, aunque en realidad, todo lo que veía le resultaba conocido, pues en su mente estaban todos los recuerdos y vivencias de aquel joven.

Pero que estúpido había sido este joven, con este talento grandioso de crear cosas maravillosas, quiso quitarse la vida por problemas tan comunes como la falta dinero o de un amor; si eso fuera una causa suficiente para suicidarse, entonces todos los seres humanos nos hubiéramos quitado la vida en algún momento determinado. Si este Tom hubiese tan solo pensado que, con su talento bien administrado, podía ganar el dinero suficiente para vivir de manera decorosa y que mientras uno es joven y tiene salud, siempre hay posibilidades de conocer a alguien que te haga feliz, no hubiera cometido aquel grave error –Pensaba Brian, mientras husmeaba las pertenencias del joven cuyo cuerpo ahora habitaba.

Brian no sólo se dio cuenta que sabía todo acerca de Tom sino que, estando en ese cuerpo, había adquirido todo su talento, lo que le hizo sentir una gran emoción.

El amanecer lo sorprendió terminando una escultura que Tom había dejado sin concluir.

Por la mañana logró mitigar el hambre que sentía con algunas pocas cosas que encontró en la cocina de Tom y luego se propuso volver al hospital para visitarse nuevamente a sí mismo. Al Brian que yacía en la cama del hospital.

Caminando hacia la estación del metro, le entraron unas ganas repentinas de comenzar a correr. Como aún era bastante temprano y la agitación del tránsito no había comenzado, pudo avanzar con rapidez atravesando la ciudad hasta llegar al hospital. La carrera duró unos cuarenta minutos, los que disfrutó en cada paso pues no podía recordar la última vez que había corrido tanto ni hacía cuánto tiempo había tenido un cuerpo que se sintiera tan lleno de vida como en ese momento. Mientras corría, Brian se cuestionaba sobre el porqué estaba ahora dentro del cuerpo de un joven que estuvo a punto de morir a la misma hora que él se accidentaba y por su mente pasaban muchas preguntas:

¿Si yo estoy en este cuerpo, entonces él está metido en mi cuerpo? ¿O será que él murió y mi cuerpo es ahora tan solo un pedazo de carne, sin nadie adentro...? ¿Y si mi cuerpo no sobrevive y muere, entonces me muero, o seguiré en este cuerpo?

Al llegar a la habitación donde estaba su cuerpo herido y en estado de coma, vio cómo Laura, su esposa, quien seguía a su lado, le saludó:

—Buenos días.

–Buenos días...yo soy... Tom, vine ayer, ¿me recuerda?

–Claro que sí, ¿te puedo ayudar en algo?

–Bueno yo... pasé cerca y sentí ganas de ver cómo seguía el señor Brian a quien, como sabe, conocí la noche del accidente en un bar de la ciudad.

(Pensó en decir: *Venía a ver como "yo" seguía*, pero supo que nadie le hubiera entendido el chiste)

–Muchas gracias Tom, te agradezco tu visita. Y cuéntame ¿De qué hablaron esa noche?

Brian vio la oportunidad de hablar por primera vez con su esposa sin ninguna barrera así que intentó aprovechar la ocasión diciendo:

–Bueno... él estaba recordando su época de joven en la universidad, me habló mucho de usted y de la muerte de su hijo, me contó que las que las cosas entre ustedes no estaban bien pero también dijo que la quería mucho y siempre ha deseado su felicidad, también dijo que se arrepiente de haber pasado tanto tiempo metido en su trabajo mientras usted sufría por la pérdida de Joseph, sin embargo esa fue la única vía que encontró para no perder la razón y poder mantenerse fuerte. Me dijo también que quería buscar la forma de solucionar las cosas entre ustedes y que quería verla de nuevo sonreír.

Laura se quedó en silencio por unos segundos y luego dijo:

–Debes haberle causado muy buena impresión a Brian para que, con sólo conocerte una noche, te contara todo eso, ¿A que te dedicas?

–Soy artista. Pinto y hago esculturas, también conozco un poco de orfebrería.

–Qué interesante, siempre me ha gustado el arte, de hecho, el ir a museos y exposiciones es algo que he comenzado a hacer en los últimos dos años y no sabes lo mucho que me ha ayudado.

¡Yo no sabía eso! –Pensó Brian, un poco desconcertado, así que preguntó:

–¿Y alguna vez le comentaste eso a tu esposo?

–No, él seguramente hubiera dicho que eso sería perder el tiempo.

Brian pensó por unos segundos y dijo:

–Tienes razón.

Por un momento ambos se quedaron en silencio, luego Brian preguntó:

–¿Qué han dicho los médicos sobre su estado?

–Dicen que debido a que Brian es una persona muy saludable, su recuperación ha sido satisfactoria. Todos los signos vitales están estables, sin embargo aún sigue en coma lo que ha imposibilitado saber si su cabeza continúa trabajando adecuadamente ya que el golpe fue bastante fuerte.

–Fuerte no, fuertísimo...

–¿Cómo lo sabes?

–... O sea, eso se ve. (*Uff!... ya van dos veces que me equivoco* –pensó Brian)

Por los siguientes nueve días Brian continuó visitándose en el hospital, aprovechando esas visitas para conversar con su esposa, dándose cuenta que, incluso antes que él, ella también pensaba que después de la muerte de Joseph, existían muy pocas cosas que compartían o tenían en común y que la opción del divorcio había rondado muchas veces por su cabeza.

Ángela, la enfermera del hospital, se había percatado de que Tom visitaba diariamente a aquel hombre accidentado y que en cada visita traía algún detalle que regalaba a su esposa, por lo que comenzó a dudar sobre las buenas intenciones del joven, más aún porque, aunque aparentaba ser una buena persona y de hecho bastante agradable, sabía que su ingreso al hospital había sido por un problema de drogas.

En aquel noveno día de visitas consecutivas, Ángela y Brian (en el cuerpo de Tom) se encontraron en el ascensor y luego de saludarlo, la enfermera le pidió que la acompañara a tomar un café con la idea de saber un poco más sobre él.

–Y dime, Tom, ¿por qué tanto interés en visitar a este paciente?

–Bueno, me pareció mucha coincidencia el hecho que nos hubiéramos conocido el mismo día en el que ambos estuvimos a punto de morir y que coincidiera con que a los dos nos trajeran al mismo hospital. Es por eso que lo visito, creo que, de alguna forma que no puedo explicarte con palabras, estamos conectados por el destino.

–¿Y por qué siempre le traes regalos a la esposa?

–¿Qué tiene eso de malo?

–La verdad, creo que intentas seducirla y aprovecharte de ella, no sé en qué forma, quizás para sacarle dinero.

–No imaginé que una mujer tan linda pudiera tener pensamientos tan sombríos. Los regalos son porque intento consolarla, sé que Brian no hubiera querido verla triste.

–¿Y cómo se supone que sabes lo que quisiera o no, un hombre a quien sólo conociste en un par de horas en un bar?

–Él me contó muchas cosas de su relación y sé que quiere mucho a su esposa.

–Ya entiendo, sabes que el señor Brian es un hombre de mucho dinero y piensas que si se recupera, te premiará por lo que has hecho.

–Aunque no lo entiendas, Brian y yo logramos compenetrarnos muy bien y me duele ver a su esposa tan afligida. Sin embargo, no me enojan tus sospechas ni tus comentarios, de hecho es grato saber que una enfermera se preocupa tanto por sus pacientes. Ahora me disculpo, pero debo irme.

Brian se retiró rápidamente de la mesa, aunque demostrando un ligero enojo, su ágil salida había sido para evitar tener que conversar más sobre un tema del que sólo podía seguir hablando aumentando más las mentiras que decía.

Capítulo 6

Reviviendo el pasado

De camino para la residencia de Tom, Brian se fue analizando cómo iba a subsistir, pues ya los pocos fondos que tenía Tom se los había gastado en esa semana.

¿Por qué me preocupo por dinero si yo soy rico? Sólo necesito conseguir mi chequera y hacer un cheque a nombre Tom, eso no sería un robo, pues ¿cómo va a ser un robo el gastarme mi propio dinero? –Pensó.

Brian recordó haber visto su ropa en la misma habitación en la que se hallaba su cuerpo, así que se propuso volver al día siguiente para visitarse y buscar la forma de poder sacar su chequera.

Tal como lo planeó, al otro día Brian llegó al hospital aunque desde el momento en que entró comenzaron a saltar a su memoria viejos recuerdos, pero esta vez no pertenecían a Tom, eran recuerdos propios, guardados en su mente desde el día del accidente en que había fallecido Samanta.

Todos los que lo conocían en aquel entonces, habían sabido que su novia Samanta había muerto en un accidente de tránsito. Lo que no todos sabían era que ese día había comenzado siendo uno de los más alegres de su vida, pues era el de su cumpleaños y Samanta le había organizado una fiesta con sus amigos más cercanos, celebración que quizás hubiera sido la más grata de recordar de toda su juventud, si no hubiese terminado en el suceso más trágico que –junto con la muerte de Joseph–, llevaba en su corazón.

Brian recordaba que en la madrugada del día siguiente, mientras aún la fiesta seguía encendida, él había salido con Samanta al jardín de la casa donde vivía y en donde, con el permiso de sus padres, ella había preparado la fiesta. Se habían sentado solos por unos minutos para hablar de lo que querían para el futuro y recordaba también que en ese momento no había tenido ninguna duda que ella era la mujer con quien quería pasar el resto de su vida.

Puesto que al otro día era sábado y no tenían clases, ambos habían acordado pasar juntos el fin de semana y para que ese plan pudiera concretarse, ella debía llegar temprano a su casa y así no tendría problemas en pedir permiso a sus padres para que la dejaran irse de paseo al día siguiente, por lo tanto él la llevaría a su casa y se volvería solo a la fiesta. Fue en el trayecto de camino a la casa de Samanta cuando había sucedido el fatal accidente.

Brian se recordó a sí mismo, entrando por la misma puerta de ese hospital, veinticinco años atrás, adolorido en todo su cuerpo y apoyado en el hombro de un paramédico que lo ayudaba a seguir la camilla en la que llevaban a su novia, tan rápido como podía, pues su tobillo derecho estaba tan golpeado que no lograba sostenerse por sí solo.

Sus recuerdos le guiaron a la misma habitación donde había sido atendido en medio del dolor y la angustia por no saber cómo se encontraba su novia y de cómo sólo había dejado que le hicieran las curaciones suficientes para que, apoyado en un par de muletas, pudiera ir hasta la habitación en la que estaban atendiendo a su novia. Recordó que al encontrarla dos médicos iban saliendo del cuarto y uno de ellos le comentó al otro colega que la pobre chica tenía todos los órganos destrozados por dentro y que era imposible que se salvara.

Brian había entrado en la habitación, dirigiéndose directamente hacia ella para agarrar sus manos. Samanta parecía estar despierta y aunque no se quejaba de ningún dolor debido a los calmantes que le habían dado, la sangre, las mangueras conectadas a sus brazos, la careta de oxígeno y la palidez de su cuerpo, reflejaban su verdadero estado.

Por unos segundos ambos permanecieron mirándose, con las manos unidas. Luego, mientras las enfermeras, amable, pero forzosamente intentaban sacarlo de la habitación, Brian buscó tranquilizarla diciéndole en voz alta:

—No te preocupes, voy a estar afuera esperándote, te prometo que ambos saldremos cogidos de la mano de este hospital. Aunque no me veas, estaré aquí, siempre estaré contigo... yo te cuidaré, haré un curso de enfermero y no te desharás de mí nunca. Te amo.

Samanta logró esbozar una sonrisa y susurrar dos palabras que aunque no se escucharon, él pudo entenderlas muy bien: "Te amo".

Brian permaneció afuera de la habitación de Samanta y a los pocos minutos las dos enfermeras y el médico salieron. Una de ellas le hizo a Brian un simple gesto de consuelo, la segunda no quiso mirarlo y finalmente el médico le preguntó:

—¿Es usted familiar de la joven?

—Soy su novio —respondió.

–Lo lamento, no pudimos hacer nada para salvarla.

El recordó cómo se había quedado solo, afuera de la habitación y cómo minutos después una enfermera se le había acercado para pedirle el teléfono de los padres de Samanta y que después empezó a llegar tanta gente que lo habían hecho alejarse de ese piso del hospital, perdido en sus propios pensamientos. También recordó que había deambulado por el área de maternidad y había visto la alegría de un grupo de personas que estaban afuera de una sala de partos, mientras apreciaban un bebé que acababa de nacer y esto le había llevado a pensar en lo irónico de la vida:

Mientras en este piso hay personas sonriendo, abrazándose de felicidad por el nacimiento de alguien, más abajo hay otro grupo abrazándose de dolor por la muerte de alguien y si juntaran ambos grupos, los sentimientos de los dos son tan grandes y diferentes que ni la alegría del primero haría sonreír al segundo, ni la tristeza de éste podría borrar la felicidad de los otros.

Brian recordó también que, del grupo de personas que felizmente celebraban aquel nacimiento, uno de ellos se había percatado de su presencia y se había acercado a él. Era un joven un poco menor que él y le había saludado por su nombre.

–Brian Rees, ¿verdad?

Brian respondió en forma afirmativa tan solo moviendo su cabeza.

–Mi nombre es Jacob, estudiamos en la misma universidad –dijo el joven y continuó–. Yo sé que no me conoce, ya que apenas ingresé este año. Hace unas horas, cuando estaba entrando al hospital, lo vi y me enteré que usted y su novia habían sufrido un accidente, ¿cómo está ella?

–Murió –respondió Brian, llorando.

Luego de una pausa, Jacob había continuado diciendo:

—¿La querías mucho?

Brian asintió con la cabeza, haciendo además un gesto con su cara como dando a entender que la pregunta le resultaba estúpida e impertinente y además que era obvia la respuesta Pero Jacob había seguido preguntando:

—¿Se lo dijiste...? ¿Se lo demostraste?

—Claro que sí, se lo decía a cada instante

—¿O sea que ella tenía bien claro que la querías?

—Creo que sí, qué pregunta tan tonta —había dicho Brian, en un tono malhumorado.

—Perdona si te molesto, permíteme terminar, para que entiendas lo que quiero decirte —dijo Jacob y continuó—: ¿Vivieron experiencias que nunca se te olvidarán?

—Sí, muchas...

—¿Y la hacías reír?

—En todo momento —contestó Brian—, esa era nuestra especialidad, reír en todo momento, nos burlábamos de todos y de todo, incluso nos sacábamos chistes el uno al otro, pero ¿a qué viene todo esto?

—La risa es uno de los más grandes regalos que Dios nos dio, todo buen momento de la vida se traduce expresivamente en una sonrisa y si el fin último es ser feliz, la risa es la traducción de ese objetivo. Cuanto más nos riamos, más felices estamos, y si además nos reímos y hacemos reír a alguien más, estamos acercándonos a la meta de la vida y estamos haciendo que otros lo hagan... ¿Recuerdas cuándo fue la última vez que la hiciste reír?

—Hace una hora, en el último momento que la vi, la hice sonreír.

–Eso está muy bien, pues mucha gente pasa toda su vida esperando el momento ideal para decirle a alguien que lo ama, para hacer cosas inolvidables con esa persona, o para terminar algún desacuerdo que los separa y comenzar a reír, sin pensar que la vida se puede acabar en cualquier momento. Tú la amaste y se lo demostraste y ella murió sabiéndolo. Igualmente vivieron cosas juntos que ni a ella ni a ti se les olvidarán y además la acompañaste hasta el último momento de su vida e incluso hiciste que su última expresión fuera una sonrisa, así que no deberías estar tan triste, de hecho debieras estar feliz, pues en el poco tiempo que la tuviste a tu lado lograste mucho más de lo que la mayoría de las personas consiguen con sus parejas en toda una vida.

"La vida y la muerte son inevitables y debido a que ambas suelen estar tan sujetas a decisiones y actuaciones de otras personas, pueden ocurrir en cualquier momento o lugar y por ende son de tan poca importancia que casi nadie nace en un día memorable o muere haciendo historia, lo importante no es nacer o morir sino lo que hace mientras se está vivo.

"Tampoco es importante cuánto tiempo vivimos, todo es como una partida de ajedrez, pocos recuerdan la primera y última jugada y poco importa cuánto duró la partida una vez que se terminó. Lo importante y lo que todos recuerdan es quién ganó. La vida se gana si en la sumatoria de los sucesos vividos, se rió más de lo que se sufrió, si se hizo feliz a más personas de las que se hizo sufrir, si se dieron más buenos consejos que malos, si se ayudó a más personas de las que se perjudicó, si fueron más los actos buenos que los malos, si al menos se cuidó un poco el planeta y se aportó un grano de arena para su preservación, si a todos los seres que querías y apreciabas, se les dejó en claro que lo hacías.

"¿Sabes? No es cuestión de la cantidad de tiempo vivido sino de lo que hagamos en esa cantidad de tiempo".

CAPÍTULO 7

¿AHORA QUÉ HAGO CON TOM?

BRIAN ESTABA SORPRENDIDO de cómo, sin pensarlo, aún guardaba en su mente cada detalle de esa conversación y de todo lo que había sucedido aquella noche. Ahora estaba de pie frente a la habitación en donde estaba postrado su cuerpo, pensando en cómo robarse a sí mismo.

Al entrar, se dio cuenta que estaba solo, su cuerpo ya llevaba diez días postrado en aquella cama y él llevaba ese mismo tiempo viviendo en un cuerpo ajeno.

Qué irónica es la vida, –pensó–. Qué fácil es criticar y cuestionar a los demás sin mirar en nuestro interior, cuánto reproché el alcohol y maldije, hace veinticinco años a la persona que, estando ebria, chocó contra mi vehículo ocasionando la muerte de Samanta y ahora aquí estoy, mirando mi cuerpo destrozado por un accidente que yo mismo ocasioné por estar conduciendo imprudentemente y en iguales condiciones.

"No solamente puse en riesgo mi vida sino la de todas aquellas personas que pudieran estar transitando por donde yo iba. En el estado en que conducía, fácilmente también hubiera podido chocar a alguien y hubiera traído tristeza a sus familias y habría hecho que, aun siendo yo una buena persona, mucha gente me odiara como yo odié a aquel hombre que falleció al chocar contra nosotros hace veinticinco años".

Brian se acercó a su chaqueta colgada en una silla junto al bolso de su esposa Laura lo que significaba que ella, aunque no estaba en la habitación, se encontraba en el hospital. Sacó su propia billetera y revisó todos sus documentos. Encontró una foto en la que estaban Laura, Joseph y él, sacó también su chequera y antes de arrancar un cheque en blanco, se detuvo a observar una de sus tarjetas de presentación:

BRIAN REES
IMAGEN PUBLICIDAD
MOSTRAMOS SU REALIDAD, MÁS ALLÁ DE SU IMAGINACIÓN

En ese momento se quedó pensando que el eslogan de su empresa le venía como anillo al dedo en esos momentos, pues nadie podría imaginar la realidad que él estaba viviendo.

¿Quién soy en este momento? –Se cuestionó–. ¿Soy tan solo Brian Rees viviendo en el cuerpo de otro ser? No, es más que eso, pues no solamente estoy metido en este cuerpo, también tengo todos los recuerdos de la vida de Tom al igual que todas sus habilidades, eso es mucho más que un cambio de cuerpo, soy dos personas a la vez y si eso es cierto, entonces, en estos momentos, ¿sacar este cheque que significaría? ¿Qué una de ellas le está robando a la otra o que una de ellas está ayudando a la otra?

"Y si la mentira que he inventado fuera cierta y realmente Brian Rees hubiera conocido a Tom Archer en un bar aquella noche, ¿qué ayuda hubiera recibido Tom Archer, un artista necesitado, de Brian Rees, un hombre de negocios, con tan solo una noche de conocidos en un bar?"

Después de unos segundos de estar hablando consigo mismo y sabiendo que debía apurarse antes que lo descubrieran dentro de la habitación, Brian se apresuró a sacar lo que necesitaba y guardar nuevamente sus pertenencias en la chaqueta. Pero antes que lograra acomodar la chaqueta en el sillón, una voz le gritó:

—¡Así quería descubrirte, ladrón!

Al voltear, Brian se dio cuenta que Ángela, la enfermera, había entrado a la habitación y lo había encontrado con la chaqueta en la mano.

—Yo sabía que tanta amabilidad de visitar diariamente a un desconocido era por una segunda intención. ¡Suelta esa chaqueta o llamo a seguridad!

—Quizás tienes razón en que pueda haber una segunda intención en visitar tanto esta habitación, pero no necesariamente tiene que ser por mala intención, nunca le he robado nada a nadie y no lo estoy haciendo ahora, aunque sea difícil de creer en estas circunstancias, es la verdad.

Por un momento Ángela vaciló, pues las palabras del joven parecían ciertas, sin embargo no podía olvidar lo que había visto así que prosiguió.

—Vete y no quiero que visites más este hospital, si te vuelvo a ver acá o hablando con algún familiar de este señor, les diré lo que acabo de ver.

Brian se dirigió hacia la puerta de salida y al pasar delante de Ángela se detuvo, puso ambas manos sobre los hombros de ella y le dijo:

—A veces las cosas no son tan claras como parecen ser, a veces la realidad va mucho más allá de la imaginación.

Al salir de la habitación, para nueva sorpresa de Brian, su esposa Laura estaba a punto de entrar. Se encontraron frente a frente y él sintió un fuerte deseo de abrazarla, pero sabía que no debía hacerlo, así que simplemente saludó:

–Señora Laura, buenos días, vine de visita pero ya me iba.

–Gracias Tom, eres un muchacho muy amable y educado, en eso hasta te pareces un poco a Brian. Te cuento que posiblemente hoy será la última visita que puedas hacernos, he arreglado su traslado a la ciudad donde ahora vivimos, ya que quiero escuchar segundas opiniones médicas sobre su estado, antes de tomar decisiones.

–Pero, ¿qué decisiones? –Preguntó Brian

–Es duro afrontar la realidad y para mi mucho más que soy su esposa, pero después de diez días de ver su cuerpo en coma, los médicos dicen que su cerebro puede estar muy dañado y que ahora es simplemente un vegetal.

–¿O sea que me... digo, que lo piensas matar?

Laura comenzó a llorar cuando escuchó esa frase tan cruda, pero era realmente lo que algunos doctores le habían sugerido.

–Pienso escuchar otras opiniones antes de tomar la decisión final –dijo ella, llorando.

–No lo hagas, el aún está vivo y te escucha.

A Laura le impactó esa frase pero la entendió como un gesto de apoyo, luego, ambos intercambiaron números telefónicos, se abrazaron, ella ingresó a la habitación y Brian se quedó en el corredor sin saber qué hacer.

Ángela, la enfermera, quien había presenciado aquella conversación pudo notar la verdadera preocupación de Tom por Brian al saber que lo iban a trasladar y, posiblemente, a desconectar. Algo que había dicho Laura se le había quedado grabado en la cabeza "... te pareces un poco a Brian".

–¿Será posible que Tom sea un hijo de Brian, quizás desconocido por su esposa? –Pensó Ángela–. Si fuera su hijo sería la explicación de su angustia y sus visitas.

Con esta duda Ángela se fue a revisar los documentos de ambos pacientes y se dio cuenta que tenían el mismo tipo de sangre.

Faltaría hacer una prueba de ADN. Ese era un buen indicio –pensó. Además sabía que Brian era de esa ciudad y se marchó sólo después de haberse casado.

Brian, sin saber qué hacer se dirigió a la capilla del hospital, hermosa y antigua, debido a que siglos atrás, el sanatorio había sido un convento, por lo que esa edificación guardaba mucho valor histórico para la ciudad.

Se sentó en una silla frente al altar, sosteniendo en sus manos lo que había sacado de su billetera, una tarjeta de representación suya y la foto en la que estaban juntos Laura, su hijo Joseph y él.

Aunque pudo haber sacado cualquier otro objeto de sus propias pertenencias, como su chequera, alguna tarjeta de crédito o dinero en efectivo, Brian sólo se había llevado una tarjeta de representación y una foto, no lo había hecho porque se sintiera robando, sino que en ese momento le había surgido una pregunta:

Y si todo fuera cierto, si realmente Tom y Brian se hubieran conocido aquella noche en "Retorno", ¿qué ayuda habría recibido Tom Archer, un artista, de Brian Rees, un hombre de negocios, con sólo una noche de conocidos en un bar? Por otro lado, ¿cuántas personas cambiarían todo lo que tienen por recuperar su juventud? ¿Por tener la posibilidad de volver a empezar?

Brian comenzó a cuestionarse sobre todas las críticas negativas que había hecho acerca de Tom, acusándolo de tonto por haber intentado suicidarse por problemas tan simples y comunes como la falta de trabajo estable o la soledad. Se dio cuenta que él, aunque había pasado muchas pruebas en su vida, como la muerte de su novia de juventud, el haber tenido que abandonar a temprana edad la práctica de su deporte que tanto lo apasionaba o la muerte de su hijo hacía sólo tres años atrás, nunca había estado solo y nunca había tenido problemas económicos, de modo que no tenía ningún derecho para cuestionar a Tom.

Si yo hubiera conocido a alguien como Tom, aún pareciéndome una buena persona, lo máximo que hubiera hecho por él quizás hubiese sido recomendarlo con alguien conocido y de resto el hubiera tenido que arreglárselas por sí solo. ¿Y a quién se lo hubiera recomendado? Pensaba Brian, en el momento que escuchó una voz familiar hablando en la capilla.

Al voltearse observó que junto a un grupo de estudiantes venía caminando Jacob, el profesor de la universidad que había conocido en el bar, la misma noche del accidente.

Jacob estaba guiando a un grupo de estudiantes, explicándoles la historia de dicha capilla y su importancia para la ciudad, el grupo estaba avanzando en dirección hacia donde él se encontraba sentado. Al pasar a su lado, Brian se quedó mirando a Jacob y este le sonrió y siguió hablando con el grupo. Luego de terminada la charla, el profesor dejó a los jóvenes recorrer por sí mismos la capilla para que terminaran de apreciar toda la arquitectura del lugar y se dirigió al muchacho que había visto sentado en las sillas frente al altar.

–¡Hola, joven!

–Hola...

–Mucho gusto mi nombre es Jacob, soy profesor de la universidad.

–Mi nombre es... Tom y soy... bueno... artista, supongo –Brian sabía que sería una locura si le explicaba quién era realmente, así que prefirió simplemente adoptar la personalidad de Tom.

–¿Un artista? Qué bien, yo también estudié arte, ¿tú dónde estudiaste?

–No, yo no he estudiado en ninguna universidad, nunca he tenido la oportunidad.

–Entiendo... bueno, te preguntarás por qué me acerqué a saludarte y la verdad es que al pasar al lado tuyo hace unos minutos, pude notar que tenías en tu mano la tarjeta de una persona que conocí hace un par de días y me llamó la atención pues él me cayó bastante bien, se llama Brian Rees.

Asombrado por lo detallista que había sido Jacob y sin saber inicialmente que decir, Brian contestó:

–Sí, yo también lo conozco...

–¡Ah, qué bien! Por favor, salúdalo de mi parte cuando lo veas.

–Creo que será complicado, el señor Brian está internado en este hospital, pues sufrió un accidente de tránsito.

–¿Y está muy grave?

–Bueno, está en coma y los médicos no dicen hasta ahora nada favorable. Su esposa planea trasladarlo para la ciudad donde viven.

–Yo quisiera visitarlo, ¿en cuál habitación está?

–En la 307. Si quieres, te acompaño.

–Muchas gracias Tom, pero yo debo regresar con mis estudiantes a la universidad así que me tocará volver luego para visitarlo.

–Recuerda que lo van a trasladar, además el horario de visitas es sólo hasta las...

–Por eso creo que no habrá inconvenientes, tengo una sobrina que trabaja como enfermera en el hospital, incluso le dije que estaría acá y debe estar por llegar.

Después de unos segundos de silencio, Jacob prosiguió:

–¿Y tú trabajas para el señor Brian?

–Quisiera hacerlo pues en estos momentos no tengo en dónde caerme muerto, pero en su estado actual será muy difícil que pueda ayudarme.

En ese momento la conversación fue interrumpida con un saludo desde el centro de la capilla.

–¡Hola tío!

–¡Ah! Mira Tom, ella es mi sobrina, se llama Ángela.

–Sí, yo la conoz...

–Hola! ¿qué haces tu acá? Digo, ¿ustedes se conocen?

–¡Ah, Tom! ¿Ya conocías a mi sobrina?

(*¿Ahora cómo me salgo de esta?* –Pensó Brian)

–¡Sí! Ella es la enfermera que ha estado atendiendo al señor Brian.

–Ángela –dijo Jacob a su sobrina–, ¿podría yo visitar a Brian algo más tarde de la hora de visitas? Es que no puedo abandonar al grupo de estudiantes con el que he venido y después tengo que hacer un par de cosas en la universidad.

–Pero, ¿cómo así? Tío, ¿tú también conoces al señor Brian?

–Sí, claro, lo conocí en el bar la misma noche en que se accidentó, según me dijo Tom.

–¿En el bar? Allá no fue donde tú, Tom, dijiste que...

–Sí, claro... ese mismo lugar, allá donde te comenté que Brian había estado, se llama "Retorno" creo, ¿no es así señor Jacob?

–¡Exacto...! Y dime, sobrina, ¿puedo volver más tarde a visitar a Brian?

–Bueno, yo salgo de trabajar en una hora pero tengo entendido que al paciente lo van a trasladar entre hoy y mañana, así que será un poco complicado.

–Qué lástima, me avisas entonces si estará o no mañana. Ahora los dejo porque debo volver con el grupo. Tom, sé que vivir del arte es complicado, pero si Brian en este momento no puede ayudarte, quizás yo sí pueda, de modo que si te interesa, puedes visitarme en mi oficina para ver qué tan bueno eres. Quizás haya alguna oportunidad para ti en la universidad.

–Por supuesto que lo haré, mañana mismo lo visitaré señor Jacob, bueno ahora iré a despedirme de Brian.

–¡Nos vemos, muchachos!

–Hasta pronto tío –dijo Ángela, quien había quedado desconcertada al saber que su tío Jacob conocía a su paciente y que hubiera sido tan amable con Tom, al cual también parecía conocerlo.

Ángela y Tom se fueron juntos sin hablar, caminando en dirección al hospital. Ya en el ascensor, Ángela rompió el silencio diciendo.

–Perdón.

–¿Perdón por qué?

–Porque inicialmente yo no te había creído la historia del bar, pero ahora veo que mi tío también estuvo allá.

–A veces las cosas no son como parecen, pero son –dijo Brian.

–Lo que sí cuestiono es ¿por qué tú tenías en tus manos las pertenencias del señor Brian, cuando yo entré en su habitación? ¿Qué estabas buscando?

–Si realmente quieres saber y sólo para que no pienses mal de mí, te voy a mostrar lo que saqué y de hecho voy camino a regresarlo.

Brian sacó la foto en la que aparecían Laura, Joseph y él, y se la mostró a Ángela.

–¿Y por qué querrías esa foto? Un simple amigo no hubiera tomado algo tan personal. ¿O acaso entre tú y él hay una relación más allá de una simple amistad?

–Ángela, tienes razón, él y yo estamos muy unidos pero, como te dije, a veces las cosas no son como parecen y aunque suene un poco cortante, por favor no me preguntes más, pues sería bastante complicado explicártelo. Lo que si quisiera es que dejes de pensar mal de mí. Ten por seguro que nunca le haría daño a tu paciente, pues sería como hacerme daño a mí mismo.

En el hospital, Brian volvió a encontrarse con su esposa y se enteró que su cuerpo sería trasladado esa misma noche, así que acompañó a Laura todo el resto del día ayudándola a terminar los trámites. Así pudo enterarse a qué hospital iban a trasladarlo y quién lo recibiría y, en la primera oportunidad que tuvo, volvió a guardar la foto en su billetera.

Finalmente, antes de la media noche, el cuerpo fue trasladado en un helicóptero sanitario. Brian se despidió de su esposa con un gran abrazo y con la promesa de que seguirían en contacto telefónico y que él iría a visitarlos lo antes posible.

Luego de eso, Brian partió hacia el apartamento de Tom, pensando en su nueva realidad. Aunque él no lo había pedido y por circunstancias que aún no comprendía, ya no era más Brian Rees, ahora era Tom Archer y tenía que ver cómo continuar. Ya no tendría la fortuna de antes, ni una empresa, ni a su esposa, pero a cambio, volvía a tener veinticinco años, con más conocimiento de la vida y los negocios que cualquiera pudiera tener a esa edad y con un gran talento artístico que jamás hubiera desarrollado, aun invirtiendo todo el dinero que antes tenía. Además, ya había conseguido lo único que seguramente él mismo le hubiera ofrecido a un joven como Tom si realmente lo hubiera conocido de la forma que él mismo contaba y era contactarlo con alguien que posiblemente le pudiera ayudar y ese había sido, casualmente Jacob, el profesor de la universidad.

Acá estoy, sin familia, sin dinero, sin empresa, sin títulos, todo por lo que he luchado me lo han quitado —se dijo—, *pero no puedo quedarme llorando por eso, si lo hago, no podré disfrutar la juventud que me han devuelto sin pedirla, quizás ya no necesitaba nada de lo anterior, quizás lo que necesitaba era un cambio, cambio que yo mismo, seguramente no hubiera tenido el valor de buscar ni enfrentar.*

A Brian aún le preocupaba la suerte que correría su cuerpo y qué pasaría si era desconectado. Sin embargo, entendía que en esa decisión no podía involucrarse, así que optó por esperar qué sucedería.

Al día siguiente, recogió los mejores trabajos que encontró de Tom y se dispuso a llevárselos a Jacob, pues sabía que en los negocios, mejor que las palabras eran los hechos. Jacob se mostró impresionado de cómo una persona con tan poco estudio había logrado desarrollar tan buenas técnicas así que, con su influencia, logró que en esa misma semana le consiguieran una autorización para que Tom pudiera asistir de manera gratuita a algunas de las clases en la facultad de arte.

En las siguientes dos semanas Brian se hizo conocer en la facultad por ser un estudiante muy diferente a los demás, pues en todos los temas que se trataban quería introducir el asunto comercial, cosa que comenzó a ocasionarle ciertos conflictos con algunos docentes y compañeros que valoraban el arte más como forma de expresión o identificación de un momento o una época de la historia de la humanidad. Brian siempre argumentaba que si se quería vivir del arte, este tenía que ser comercial y no se podía dejar de lado ese concepto. Esta misma postura hizo que uno de los docentes, pensando que el joven podría ser un buen negociante, le ofreciera la oportunidad de trabajar medio tiempo en una galería de propiedad de su familia.

El docente se llamaba Manuel y era un veterano profesor de arte en la universidad. Tenía gran prestigio y renombre, no sólo como profesor sino como artista y llevaba tantos años enseñando su materia, Historia del Arte, que en tono de broma, muchos alumnos decían que él había conocido personalmente a quien inventó la palabra Arte.

Brian continuaba comunicándose con Laura casi a diario, incluso los días que no lo hacía era porque intencionalmente no la llamaba para que ella no pensara que él no tenía nada más que hacer. Sus conversaciones comenzaron a ser cada vez más largas y abiertas en las que descubrió muchas cosas de ella que, en veintisiete años de casados, nunca había sabido.

Supo que Laura también amaba el arte y siempre se había sentido un poco frustrada por no haber disfrutado, de la manera que ella hubiera querido, muchos de los viajes que había hecho con su esposo. También cómo la muerte de su hijo le había causado mucho dolor pero entendía que aquel suceso no lo habían podido pronosticar ninguno de ellos dos y que no le reprochaba a su esposo que hubiera seguido con su rutina de trabajo, lo que sí le dolía era que él no se diera cuenta que ella, luego de la muerte de su hijo, quería hacer otras cosas más que simplemente quedarse en casa, pues al igual que él, ella también se sentía aún con fuerzas para hacer cosas nuevas. Pero con tristeza veía como sus días pasaban, uno tras otro, sin que sucediera nada relevante y a lo único que se había dedicado los últimos tres años era a ver cómo se levantaba su esposo en la mañana para ir a trabajar y cómo llegaba por la noche sólo para hablar de los problemas de su empresa antes de acostarse.

Una frase que rondaba en la cabeza de Brian y que le había dicho Laura en su última conversación telefónica era:

Es triste vivir con alguien que, de la puerta de tu casa hacia fuera, es sumamente inteligente y exitoso, pero que de la puerta para adentro, no tiene la capacidad de comprender a la persona con la que duerme a diario hace más de veintisiete años.

Suele escucharse que "Cuando dos personas que se quieren, discuten y no llegan a un acuerdo, sólo es porque ninguna de las dos se detiene realmente a escuchar a la otra persona" y es por eso que se gritan el uno al otro, ya que aunque sus cuerpos están uno al lado del otro, no se escuchan porque sus corazones están distantes.

Brian, en aquellas conversaciones con Laura, se daba cuenta que estaba conociendo más de su esposa en un mes que en treinta años de conocerla y veintisiete de casados, llegando a la conclusión que, en la gran mayoría de las ocasiones en que las parejas pelean, ninguna de las dos dice por completo lo que está pensando o sintiendo y ahí es en donde radica el principal problema.

Recordaba cómo en lo laboral le habían sucedido incidentes similares, como por ejemplo el empleado que se quejaba diciendo que le estaban poniendo más trabajo del que podía hacer, cuando en realidad lo que estaba pensando era que le deberían estar pagando más por el trabajo extra. En esos casos ocurre que el trabajador comienza a quejarse constantemente y a incumplir con sus labores y a su vez el jefe se da cuenta que el empleado está dejando de ser eficiente, así que lo sanciona o lo despide porque entiende que si fuera más eficiente, le debería alcanzar el tiempo para hacer las tareas que se le dan.

Para Brian era increíble darse cuenta que su esposa tenía razón, aunque resolver algún dilema laboral había sido siempre sencillo para él, nunca había analizado sus problemas personales y de pareja de la misma forma, pero también concluida que Laura nunca había sido tan abierta de expresar claramente lo que pensaba y era por eso que nunca había tenido las herramientas suficientes para entenderla.

¿Cuántas personas pasan la vida entera inconformes con las actitudes o actuaciones de sus parejas y nunca lo dicen realmente? Entonces explotan en continuas peleas por cosas diferentes a lo que realmente les molesta, por la única razón de no tener el coraje de expresar claramente lo que sienten.

¿Y cuántas de esas personas le ocultan sus verdaderos sentimientos a sus parejas, esperando que ellos los comprendan sin darles las suficientes herramientas para hacerlo? Y sucede que nunca toman el valor para hablar con ella, que las ha conocido de toda una vida, pero en cambio sí son capaces de desahogarse y abrir su corazón a algún extraño.

En muchas ocasiones, los seres humanos conocemos personas que en pocos minutos nos inspiran la confianza para abrir nuestro corazón y nuestras mentes, entonces les mostramos claramente quiénes somos, luego de eso pensamos que aquella persona puede ser más especial que nuestra pareja actual, pero no analizamos que quizás a esa persona a quien acabamos de conocer y parece entendernos tan bien en tan poco tiempo, le hemos dado mayor información y nos hemos abierto más al diálogo que con aquella con quien la estamos comparando.

Ese mismo motivo puede incitar a las infidelidades, debido a que en ocasiones abrimos más nuestros corazones a un extraño, entonces ese extraño comienza a generar ruido en la relación, haciendo que surjan sentimientos confusos, distanciando aún más la pareja.

Brian sabía que había cometido el mismo error, pero no había sido sólo culpa de él. Su esposa había actuado de la misma manera, pasando año tras año sin expresar claramente lo que sentía, en cambio sí había sido capaz de abrirse al diálogo con un extraño como Tom Archer, lo cual, para este caso en particular, resultaba muy conveniente para él pues Tom Archer era él mismo.

De igual forma Brian notó cómo, en menos de un mes, había dejado atrás todos aquellos asuntos que veía tan prioritarios en su vida. Ya no importaba tanto la empresa y ahora veía de una forma muy diferente a Laura. Por un lado, le gustaba saber que ahora la conocía mucho mejor pero por otro, le dolía no poder confesarle en realidad lo que le estaba sucediendo.

En ese mismo tiempo Brian estuvo igualmente compartiendo mucho tiempo con Ángela y sabía que, lentamente, se estaba formando una fuerte relación entre ellos. Sin embargo, cada vez que sentía que las cosas podían pasar a otro nivel, se alejaba de ella pues aún sentía que si lo hacía, le estaría siendo infiel a Laura. Además, aunque él estaba viviendo en un cuerpo más joven, sabía que Ángela era mucho más joven de lo que realmente era él.

Capítulo 8

Viviendo el presente

Todo parecía comenzar a tener cierta armonía para Brian, estaba estudiando y se estaba destacando en ello, había conseguido un trabajo de medio tiempo, con lo cual lograba costear sus necesidades básicas, tenía nuevos amigos y hasta una chica que se interesaba por él. Ahora sentía que su camino era vivir la vida de Tom, así que aunque seguía llamando a Laura, decidió hacerlo con menos frecuencia y preocuparse más por atender sus nuevas prioridades. Se olvidó por completo de su empresa y sus acciones, se conformaba con saber que el dinero que había conseguido en el tiempo, era más que suficiente para que Laura continuara teniendo una vida sin dificultades.

Al comienzo todo había sido muy complejo, aunque estaba viviendo en el cuerpo de alguien mucho más joven, cada vez que se veía en un salón de clases o caminando por los espacios de la universidad, se sentía como un viejo rodeado de jóvenes, pero, pasados tres meses, Brian había hecho ya su grupo de amigos en la universidad, aunque solía salir con más frecuencia en compañía de Jacob a quien le agradaba su amistad pues veía en Tom un joven muy singular y con una forma muy adulta de ver la vida.

Esa noche Brian fue solo a "Retorno" para despejar su mente, pasadas unas horas, apareció Jacob, quien al verlo, se dirigió hacia donde él se encontraba.

Mientras lo veía acercarse, Brian recordó la primera vez que lo había conocido y como, inicialmente deseó que no se le acercase y pensó:

Qué error tan grande hubiera sido no permitirme conocer a este gran amigo, sin él no estaría estudiando, no tendría trabajo y no hubiera sabido qué hacer con esta nueva vida.

¿A cuántas personas evitamos conocer y cuántas de ellas nos hubieran podido cambiar la vida? –se preguntó Brian, mientras veía como Jacob se acercaba.

–Hola Tom, ¿cómo estuvo tu día? –preguntó Jacob a Brian.

–Estuvo Bien, hoy hice un cambio total en la galería, buscando que desde la entrada se viera lo más llamativo aunque no fuera esto lo más costoso o cotizado que tenemos, con el fin de poder hacer que más gente se interese a entrar, espero que al señor Manuel le guste lo que hice, pues aún no ha visto como quedó.

–Parece que te está gustando trabajar en la galería, el señor Manuel me ha dicho que está muy contento con tu trabajo, al parecer eres un excelente administrador y has aprendido mucho de cómo manejar el negocio.

–Sí, así es –contestó Brian y comenzó una agradable conversación entre ellos.

Minutos más tarde, Ángela entró a "Retorno" junto con un grupo de amigas de la universidad y luego de elegir la mesa para sus compañeras, se dirigió hacia ellos para saludarlos. Les ofreció su mesa por si querían acercarse y luego se volvió a donde esperaban sus compañeras. Jacob se quedó mirando a Brian quien aún seguía observando a Ángela aún cuando ella ya estaba sentada, dándoles la espalda.

—Tom, ¿Puedo preguntarte algo personal?

—Claro que sí.

—Veo que tú y mí sobrina se llevan muy bien, pero nunca los he visto salir juntos, ¿Por qué ha sido esto?

—Creo que se debe a dos motivos. Primero, no estoy muy seguro que ella tenga un buen concepto de mí y segundo, aún tengo en mi cabeza a otra persona y aún cuando sé que esa relación no puede continuar, todavía siento que estaría engañándola si saliera con alguien más.

—Eso sí que es difícil de comprender. ¿Si ya no tienen una relación, entonces cómo puedes engañarla al salir con alguien más?

—Sé que suena extraño.

—Bueno, vive y deja vivir, no pierdas el tiempo, aprovecha que aún eres joven y vuelve a intentarlo.

Esa frase retumbó en el corazón de Brian, "*aprovecha que aún eres joven y vuelve a intentarlo*" hizo que, por unos instantes, se quedara en silencio. Luego Jacob le hizo otra pregunta, una que ya Brian le había escuchado hacer tres meses atrás:

—Tom, ¿cuáles son tus prioridades? ¿Cuáles son tus sueños y qué estás haciendo para cumplirlos?

La primera vez que Jacob le había hecho esta pregunta, el pretexto para no estar cumpliendo sus sueños, había sido por su edad y los compromisos adquiridos, pero en este momento se daba cuenta que no existían pretextos y aún así no comenzaba a forjarse su futuro soñado.

Ya había estudiado una gran carrera, ya había cumplido el sueño de crear y hacer crecer una compañía, entonces pensó que ya no era tan necesario volver a vivir todo aquello en esta nueva oportunidad de vida que se le presentaba.

Tenía que enfocar su mente en qué era lo que ahora quería conseguir, sin importar lo que pensaran los demás, pues ya había pasado por eso, ya había vivido como dictamina la sociedad. Creció, estudió, trabajó, se casó, tuvo familia, consiguió un patrimonio para ella y hasta había creado una empresa, dándole trabajo a muchas personas y todo eso había estado bien pero no tenía sentido volver a vivir exactamente lo mismo si tenía la oportunidad de experimentar cosas diferentes.

Algunos tragos pasaron casi en silencio entre los dos.

–Invítala a salir –le dijo Jacob, de pronto.

–¿A quien?

–A mi sobrina, sé que suena extraño porque soy su tío pero lo hago por la misma razón. Hace tres meses que te conozco y he podido notar que eres una buena persona y se nota a lo lejos, que ambos se gustan, entonces ¿Por qué no invitarla a salir?

–Tienes razón, debería algún día invitarla a salir.

–¿Algún día? Y... ¿por qué no ahora mismo? Hay un proverbio chino que dice: "las grandes almas tienen voluntades, las débiles sólo deseos". No lo desees, hazlo verdadero, sé que la siguiente es una frase muy mentada pero ahora vale la pena decirla de nuevo "No dejes para mañana lo que puedas hacer hoy".

–¿Ahora mismo? Y ¿qué sucederá si ella no acepta? Hace mucho que no tengo citas, ya ni me acuerdo como hablar de esos temas.

–"Daría lo que fuera por la mitad de lo que ignoro", dijo Descartes. Y lo cierto es que muchas de las cosas de la vida no las sabrás hasta que las averigües por ti mismo. Asimismo, Sócrates nos enseñó que "La verdadera sabiduría está en reconocer que ignoramos muchas cosas y que debemos buscar su respuesta", así que sé sabio y ve a buscar la respuesta por ti mismo.

–Jacob, se nota que estudiaste Filosofía.

En ese momento, Ángela salió del baño del bar y Jacob le hizo un gesto con la mirada a Brian, quien tomó valor con un último trago y se enfrentó a ella antes que llegara a su mesa.

–Hola, Ángela.

–Hola, Brian.

–Sí... bueno, quería preguntarte si querías acompañarme a cenar esta noche.

–¿Ahora? Acabo de llegar de cenar con mis compañeras.

–¿Te puedo invitar a tomar algo entonces?

–Brian, estamos en un bar, así que todos los que estamos en él, estamos tomando algo, ¿o no?

–Bueno... sólo quería hablar un rato contigo, pero veo que...

–Pero, en cambio, si me gustaría ir mañana al cine contigo, y como no tienes carro, entonces acepto pasar por ti a las ocho en punto. ¿Está bien a esa hora?

–Sí, está muy bien a esa hora.

–Y también acepto tomar algo después del cine y que nos sentemos a charlar un rato.

–Bueno... entonces... ¿mañana a las ocho?

–Sí, nos vemos... y gracias por invitarme a salir, ahora puedes seguir hablando con mi tío.

Al llegar de nuevo a la barra, Jacob preguntó:

–Y bien, ¿como te fue?

–Creo que tu sobrina me acaba de aceptar una invitación que ella misma se hizo.

–¡Jajaja! –río Jacob.

Al día siguiente, Ángela recogió a Brian y ambos fueron a ver una película, luego de eso pararon a tomar un trago en un bar cercano al cine.

Hablaron de sus sueños y sus metas, dándose cuenta que eran muy compatibles en muchos temas, tanto que parecían conocerse de toda la vida.

Brian estaba encantado con Ángela, de hecho sólo recordaba haber estado tan consustanciado con alguien en los tiempos en que Samanta aún vivía, lo cual lo envolvía en cierta felicidad pero a la vez en el dilema de si estaba haciendo bien o mal saliendo con una mujer que no era su esposa Laura.

En un momento de la noche, cuando ya habían tomado algunos tragos y compartido la conversación, ambos se quedaron en silencio y Brian sintió un deseo enorme de besarla así que, con mucho temor, comenzó a acercarse a ella pero en el momento justo antes de hacerlo, sonó su celular, que había dejado sobre la barra del bar en donde estaban sentados.

Ambos voltearon su mirada al celular y vieron que en la pantalla aparecía el nombre de Laura, entonces Brian dijo:

–Tengo que contestar.

Ángela respondió con un leve gesto de disconformidad.

–Aló, ¿Laura?... No llores, cálmate, cuéntame qué sucede... Entiendo, ¿mañana? Entonces iré para allí... No te preocupes, si viajo esta misma noche llegaré mañana en la mañana, antes de que lo desconecten... nos vemos mañana... Adiós.

Luego de colgar, Brian notó la cara de inquietud de Ángela, así que comentó:

–Era Laura... digo, la señora Laura, la esposa de Brian Rees el paciente que...

–Sí, recuerdo quien es –dijo Ángela–, pero no entiendo por qué te llama.

–Me acaba de informar que ha aceptado la sugerencia de los doctores de desconectar a su esposo, así que lo harán mañana pero está bastante triste.

–Entiendo que ella esté mal, por eso aún sigo sin entender por qué te llama a contártelo y por qué te afecta tanto si según tú, sólo lo conociste la noche del accidente... O ¿hay algo más que yo no sepa y que me quieras contar?

–Ángela, hay muchas cosas que tu no sabes de mí, pero sé que sería complicado que lo entendieras.

–Me ofendes con eso ¿Es que piensas que no soy lo suficientemente inteligente para entender algo?

–No, no es eso, es que...

–Yo sé que no es eso, sé que no soy ninguna estúpida, el tonto eres tú que crees que yo lo soy.

–Ángela no mal interpretes las cosas, lo que sucede es que...

–No estoy mal interpretando nada, porque nada me has contado, ¿cómo quieres que entienda algo que no me explicas?

¿Como crees que no vea extraño que una mujer que supuestamente conociste sólo una semana en un hospital y que es la esposa de alguien que sólo conociste una noche en un bar, te llame llorando a media noche a contarte una noticia tan personal como la que te acaba de decir?

Por unos segundos se quedaron mirando el uno al otro sin que ninguno dijera nada.

–Veo que no me vas a contar nada, así que quédate con tus secretos, yo me voy.

–Ángela, no, ¡espera!

Ángela se marchó dejando a Brian solo en aquel lugar. Él pagó la cuenta y se fue a organizar el equipaje para un par de días. En la madrugada se dirigió a la estación de trenes y antes que amaneciera ya estaba viajando rumbo a la que había sido su ciudad por últimos veinte años.

Brian viajó al amanecer, a medio día ya había llegado a su destino y para el atardecer ya estaba en la clínica donde se encontraba internado su cuerpo.

Allí estaban, junto con Laura y los médicos, varios de sus colegas de trabajo, algunos amigos y varios abogados de la firma, quienes, adelantándose a lo que posiblemente sucedería, ya estaban aconsejando a su esposa de cómo proceder.

En ese momento, Brian oculto en el cuerpo de Tom, pudo analizar a todos los que estaban acompañándolo en ese momento, dándose cuenta de quiénes estaban por simple compromiso y cuáles verdaderamente lo estimaban, lo que le generó cierta alegría ya que pudo notar como la mayoría de las personas que lo acompañaban lo hacían porque verdaderamente lo estimaban.

Luego de saludar a Laura, se paró frente a su cuerpo y los temores volvieron a surgir:

¿Si mi cuerpo muere, el de Tom también? Y aunque no sea así, ¿si mi cuerpo muere, nunca más volveré a ser el mismo de antes?

Estas eran las dudas que recorrían la mente de Brian, pero no podía expresarlas a nadie.

Pasados tres meses, después del accidente, Laura, por sugerencia de los médicos, había tomado la decisión de desconectar el cuerpo de Brian de los aparatos que lo mantenían con vida. Los médicos sabían que su cuerpo había mejorado luego del accidente pero no así su cerebro, por lo que la decisión era desconectarlo y trasladarlo a casa para esperar qué sucedía. Si su cerebro mejoraba pues se salvaría, pero si éste había dejado de trabajar, entonces el cuerpo ya no era más que un vegetal y no existiría ninguna razón para ayudarlo a mantener vivo.

Muchos de los visitantes acompañaron a Laura y al cuerpo de Brian hasta su casa, Tom fue presentado por Laura como un amigo de su esposo, de su ciudad de origen.

El cuerpo de Brian, fue acostado en su cuarto de estudio, situado en el primer piso de la casa, que fue dispuesto previamente como habitación. Allí estaría bajo el cuidado de una enfermera que dormiría en una habitación para huéspedes ubicada en el mismo nivel y Laura dispuso que el médico de la familia los visitaría tres veces por semana o más, de ser necesario.

Nadie sabía lo que sucedería después del traslado. Sin embargo, una vez situado en el estudio, los signos vitales continuaban estables por lo que finalmente todos quedaron más tranquilos por la decisión tomada.

Brian, fue invitado por Laura a pasar la noche en su casa, él aceptó aunque no pudo dormir, se sentía familiar en su casa pero estaba durmiendo en una habitación diferente a la suya. Toda la noche estuvo pensando sobre qué haría con su nueva vida de ahora en adelante, recordando que todo cambio trae sacrificios y entendiendo que si quería seguir viviendo la vida de Tom Archer, tenía que abandonar por completo la antigua vida de Brian Rees.

A la mañana siguiente desayunó con Laura, hablaron por espacio de tres horas, tiempo durante el cual él le insistió en planear cómo organizar su vida de ahora en adelante y que debía aprovechar cada instante, no quedándose en casa cuidando el cuerpo de su esposo (o sea el de él mismo), sino viviendo todas aquellas cosas de las que en los últimos tres meses habían hablado y que nunca había hecho.

Durante la charla, Laura le agradeció nuevamente su apoyo y le preguntó directamente si él y su esposo eran algo más que amigos, pues ella, al igual que Ángela, también tenía ciertas dudas sobre eso, la diferencia era que Laura nunca había percibido malas intenciones en Tom.

La respuesta de Brian fue:

—La verdad Laura es que tu esposo y yo no sólo somos unos simples amigos, nos une un lazo mayor. Sin embargo no quiero contártelo, prefiero que él mismo lo haga si algún día puede. Lo cierto es que no tienes que preocuparte por mí y de hecho siempre encontrarás un verdadero amigo cada vez quieras buscarme, no sólo por el lazo que me une con él sino porque tú eres una persona que te lo ganas por ti misma.

—Está bien Tom, me basta esa respuesta por ahora y de hecho quiero que también tú cuentes conmigo para cualquier problema que tengas o si necesitas que te ayude con algo de dinero.

—¿Dinero? ¡No! Olvídate de eso, no es esa mi intención, además, digamos que Brian no lo quisiera así.

—Bueno, ya sabes que las puertas de mi casa siempre estarán abiertas para ti.

—Gracias, te lo agradezco y, como te dije, de ahora en adelante, cada vez que hablemos quiero enterarme que has hecho muchas cosas nuevas y que has comenzado a cumplir todos aquellos sueños que tenías guardados.

—Lo intentaré.

Luego del desayuno, Brian volvió al estudio para despedirse de su propio cuerpo. El mirarlo, cada vez le era menos impactante y ya estaba acostumbrándose a hacerlo sin sentir espanto.

Después hablaron un poco más sobre cómo ella debía manejar ciertos temas financieros, con lo cual Laura quedó sorprendida de lo que Tom conocía sobre las finanzas de su esposo, sin embargo él prefirió causarle desconcierto antes que dejar que ella, por desconocimiento, tomara alguna mala decisión.

La despedida fue lo más difícil. Para Laura era tan solo haber visto a un joven amigo que consideraba casi como a su hijo o como a un hermano menor, pero para él era estarse despidiendo de la esposa, de su casa, de sus cosas personales, de su pasado y de todo aquello por lo que había luchado en los últimos veinticinco años.

Quería poder, al menos, llevarse un par de cosas consigo, objetos que le eran muy preciados por los recuerdos que le generaban, pero sabía que no podía hacerlo. En el abrazo final, Brian quería besarla, quería poder explicarle todo, pero igualmente sabía que no debía hacerlo.

Pensó que, aunque ella lograse entenderlo todo, sería imposible que lograran vivir felices juntos, un hombre de veinticinco años y una mujer de cuarenta y cuatro, así que se marchó sin decir nada más.

Para el amanecer del día siguiente Brian ya había retornado a su ciudad con la determinación de comenzar a vivir completamente la nueva vida que ahora tenía.

Esa misma mañana de domingo llamó al maestro Manuel, su jefe, y le propuso quedarse a vivir temporalmente en el ático de la galería, dado que por su localidad, ésta le quedaba mucho más cerca de la universidad que su pequeño apartamento y en retribución a esto, él trabajaría por el mismo sueldo, no sólo el medio tiempo actualmente pactado, sino todo el resto que tuviera disponible luego de sus estudios, propuesta que el maestro Manuel aceptó.

Brian se trazó unas nuevas prioridades. Como había pensado anteriormente, ya había sido un profesional, dueño de empresa, adinerado, ya había sido también esposo y padre, entonces ya no era tan necesario volver a vivir todo aquello y no significaba que todo esto fuera malo, de hecho era todo lo contrario, sentía un orgullo personal por haber logrado todas aquellas cosas y sabía que si se lo proponía, podía volver a conseguirlas en esta nueva vida. Pero también sabía que el tiempo no da oportunidad para cumplir todo lo que se desea y que para conseguir ciertas metas hay que hacer ciertos sacrificios; en cambio siempre había amado el deporte y siempre había soñado con ser reconocido en ello, siempre había querido vivir largos periodos en otros lugares y aprender otras culturas sin tener que pensar en volver al final de unas vacaciones a cuidar sus negocios y su rutina.

Siempre había querido aprender a tocar algún instrumento musical y ahora también quería aprender mucho más del arte y la historia de la humanidad. Finalmente, quería poder encontrar como pareja a alguien que quisiera vivir todas aquellas cosas con él, una mujer que prefiriera vivir una vida más aventurera que serena, alguien que prefiriera los cambios a la tranquilidad de una familia y el vivir con solvencia económica, pues ya esa etapa la había vivido, sabía que esa persona no sería fácil de encontrar, pero ahora tenía mucho tiempo por delante para emprender la búsqueda.

En adelante no sería más Brian Rees. Viviría como Tom Archer quería vivir.

Capítulo 9

Aprendiendo a vivir... En la barra de un bar

Tan solo habían pasado dos semanas luego de haber regresado y ya para Brian le resultaba sorprendente notar lo fácil que se había desprendido de lo que tanto le estresaba tres meses atrás. Esa noche decidió volver a "Retorno" a tomarse un trago y distraer su mente, teniendo como compañía a una cerveza y los comentarios esporádicos de Juan, el joven que atendía la barra del bar.

Brian pensaba: *Qué triste que la vida me haya tenido que forzar a cambiar, sabiendo que eso lo pude haber hecho yo mismo, si realmente me lo hubiera propuesto y muy seguramente ahora estaría disfrutando felizmente de una jubilación temprana antes de cumplir cincuenta años años, tal como lo soñaba cuando estaba joven.*

—¿Ahora en que piensas? –Preguntó Juan

—Pensaba en cuántas personas siguen desperdiciando su valioso tiempo, acumulando riquezas aún después de que han vivido medio siglo y ya tienen lo suficiente para vivir el resto de sus vidas sin preocuparse por dinero. Cuántos de ellos incluso, llegan a los setenta años y siguen trabajando pese a que el dinero acumulado es tal que hasta sus nietos tienen ya un futuro asegurado. De hecho, en este mundo tan capitalista, debe de haber sucedido más de un caso en el que se haya encontrado a algún anciano muerto de un infarto, a la media noche de un viernes, sentado en su oficina.

–¡Jajaja! –Rió Juan y aportó diciendo–: De hecho, no falta el que se haya muerto el viernes a medianoche en su oficina y sólo haya sido encontrado el lunes en la mañana por el personal del aseo, ya que si era de esas personas que sólo se preocupaba por trabajar, seguramente ya estaría tan aislado de su familia que ninguno de ellos se hubiera percatado de su ausencia.

–¡Jajaja! Tienes razón –dijo Tom.

–Quizás nunca hayas conocido a Don Simón, el dueño de este bar, él tiene una esposa y una hija, y además de éste, tiene otro bar y un restaurante en el otro extremo de la ciudad.

–Entonces supongo que es una de esas personas de las que estamos hablando, que sólo se preocupan por conseguir dinero y olvidan preocuparse por su familia.

–No, todo lo contrario, Don Simón, aunque supongo que fue un hombre muy trabajador en su juventud, ahora está próximo a cumplir sesenta y cinco y desde los últimos cinco años, pocas veces visita sus negocios, el esposo de su hija es quien los maneja y por fortuna es una buena persona. Recuerdo que Don Simón un día me dijo: "Ya crié a mi hija, le construí un futuro, le di los suficientes consejos para poder escoger un buen hombre y las suficientes herramientas para que pudiera criar bien a sus hijos, ahora voy a gastar tanto en mí y en mi esposa, que espero que antes de morir, el último cheque que gire, rebote por falta de fondos."

–¡Vaya! Es una frase un tanto extremista, pero realmente es un pensamiento que encierra sabiduría. Forjarse un futuro pero saber identificar cuándo ese futuro se convierte en presente y así comenzar a disfrutar lo forjado, es algo que no todos logran. El problema es que muchos se quedan forjando eternamente un futuro que nunca disfrutan, al fin de cuentas todo el dinero que quede después que uno se muera, será, en el mejor de los casos, para los hijos o familiares, pero en otros, para abogados, para el gobierno, o para algún tercero que seguramente no habrá hecho nada para merecerlo.

–Mira, hablando del rey de Roma... Ahí está entrando Don Simón, te lo voy a presentar, es una excelente persona –le explicó y, dirigiéndose al recién llegado, le dijo–: ¡Don Simón! ¡Qué gusto tenerlo por acá!

–Vengo de visita corta, ando chequeando como trata la vida a mi personal.

–Afortunadamente muy bien, gracias por preguntar. Don Simón, quisiera presentarle a uno de nuestros buenos clientes: Tom, quien según comentan, es un talentoso estudiante de artes y para nosotros es un gran amigo que nos visita frecuentemente.

–Mucho gusto, joven.

–Mucho gusto Don Simón, como dijo Juan, mi nombre es Tom y déjeme decirle que este lugar no es uno de mis favoritos, es mi preferido.

En ese momento Juan interrumpió la conversación diciendo:

–Don Simón, casualmente antes de que usted llegara, estaba yo comentándole a Tom una frase que le oí decir a usted hace algún tiempo, acerca de que usted quería disfrutar tanto de la vida, que el último cheque que girara esperaba que fuera rechazado por no tener fondos suficientes.

–¡Jajaja! Bueno más o menos es cierto, eso es lo que quiero, pero no se trata de malgastar cada centavo que haya conseguido, se trata de ir viviendo la vida, sembrando y cosechando, administrando bien lo que se cosecha. Ni todo se debe gastar en ocio, ni todo se debe volver a invertir eternamente, hay dejar una parte para cada cosa. Se debe trabajar, para poder luego disfrutar. Si disfrutas mucho y trabajas poco, en un futuro cercano muy posiblemente te verás envuelto en problemas, entonces ¿vale la pena disfrutar un pequeño momento de tu vida, si luego pasarás mucho tiempo en apuros? A la vez, si trabajas mucho y disfrutas poco, entonces ¿para qué valió tanto trabajo?

"Asimismo se podría decir que si trabajas poco y disfrutas poco, entonces viviste la vida de manera mediocre y ¿vale la pena desperdiciar el regalo más grande que nos han dado? Lo ideal sería poder trabajar poco y disfrutar mucho, pero esto no es fácil de conseguir. Además, la verdad es que se disfruta mucho más el tiempo libre y el dinero gastado, cuando se sabe que ambos se han ganado.

"La mayoría de las personas comienzan a trabajar desde joven, teniendo como lema 'voy a trabajar duro para jubilarme mientras aún pueda disfrutarlo' pero en algún momento de su madurez olvidan su objetivo inicial y sólo la idea de dejar de trabajar y dejar de seguir guardando para el futuro les hace entrar en pánico.

"En ocasiones, nosotros mismos nos convencemos de que el futuro siempre será mejor que el presente, de que la vida siempre será mejor después...

... después de que ingrese a la universidad,

... después de terminar la carrera,

... después de conseguir el primer trabajo,

... después de conseguir un mejor trabajo,

... después de casarme,

... después del primer hijo,

... después del segundo,

... después de que crezcan los hijos,

... después del divorcio (en muchos casos),

... después de la jubilación,

... después de la muerte.

"Pero resulta que aunque el 'después de...' puede que sea mejor que el 'ahora', si el 'ahora' no se disfruta y sucede que el 'después de...' resulta no ser mejor. Entonces no disfrutaste ninguno de los dos.

"Por tal razón, considero que no hay mejor momento para ser feliz que el 'ahora', disfrutar cada momento y guardar un poco para cuando el futuro se vuelva presente y así cuando ese futuro sea el 'ahora', también se disfrute. El tiempo no es de nadie, pero todos tenemos algo de él mientras estamos vivos, así que hay que atesorar cada momento que tenemos de él, pues el tiempo no espera por nadie".

–Don Simón, usted tiene razón, pero ¿qué opina sobre lo que se debe hacer cuando la persona que te acompaña sentimentalmente difiere en este aspecto? –Preguntó Tom.

–Joven, ¿será esa la pregunta adecuada? Realmente considero que a cualquier persona que tenga al menos dos dedos de frente y se le explique claramente lo que estamos hablando, seguramente lo va a entender, quizás el cuestionamiento llega cuando en una pareja ambos difieren sobre el cómo disfrutar de la vida. En esos casos, yo sugiero que ambas personas escuchen detalladamente a la otra y puede que ambos se den cuenta que los dos tienen algo de razón, lo ideal es que ambos compartan lo que les gusta y aunque seguramente no en todo coincidirán, al menos ambos conocerán lo que entusiasma a cada quien.

Junto con Don Simón, había entrado al bar su yerno, Pedro, quien a la vez era el administrador de sus negocios.

Pedro, era un hombre que rondaba los cuarenta años, tenía una postura bastante sería y elegante y sin embargo se le notaba amable. Una vez introducido, él también dio su opinión sobre el tema:

–Como dice Don Simón, hay que aprovechar el tiempo. Aunque la medicina ha avanzado enormemente en las últimas décadas, la vejez no es una enfermedad, es un proceso de desgaste natural de nuestro medio de transporte primario, el cuerpo, y esto es debido a que nuestros pulmones respiran unas seis millones de veces por año, nuestro corazón late alrededor de cien mil veces por día y nuestros estómagos, riñones, hígado, páncreas e intestinos, tienen que procesar alrededor de cincuenta kilos de alimentos y cincuenta litros de líquidos al mes; todo esto hace que, por más que nos cuidemos, el promedio de vida, en cualquier lugar del planeta en el que vivamos, no exceda los setenta y cinco años y dado que este fin de tiempo es inevitable, debemos reconocerlo y administrarlo como se debe.

"Como definición, la jubilación es la renta vitalicia que recibe una persona, en reconocimiento al cumplimiento de una cantidad determinada de horas laboradas, así pues, en mi concepto y financieramente hablando, cada vez que una persona dice estar construyendo su futuro, debe estar refiriéndose al momento en el que llegará a su tiempo de jubilación y es en ese momento en donde debe dejar de primar la frase 'construir el futuro' y debe priorizar la frase 'disfrutar lo construido'. Sin embargo, para lograr esto debe invertirse el tiempo adecuadamente. Yo pienso que la regla matemática es simple: Si uno vivirá un promedio de setenta y cinco años, idealmente debería dividir ese tiempo en tres partes iguales, priorizando en cada una de ellas, tres diferentes aspectos: Educación, construcción y diversión.

"En los primeros veinticinco años de vida darle prioridad a la educación. De los veinticinco a los cincuenta años debe primar el interés por la construcción. Y finalmente, en los últimos veinticinco debe primar la diversión.

"Con lo anterior no quiero decir que en los primeros veinticinco años se debe estudiar sin disfrutar la vida o que hay que trabajar hasta los cincuenta años como esclavo, sin aprender nada más o sin divertirse, de hecho, para una vida placentera, las tres palabras deben estar entrelazadas, esto quiere decir que la educación debe servirte para la construcción de tu presente y futuro y a la vez uno debe educarse en algo que sea divertido y agradable para cada quien, por lo cual nadie debería estudiar algo que no le guste, no importa que sea más rentable, lo sugieran sus padres o sea el negocio de la familia. De igual manera, cómo se construya el futuro, o sea, el trabajo en que uno se emplee, el negocio que se establezca o las inversiones que se hagan, deben ser de su agrado. Esto es: tu trabajo debe divertirte y apasionarte.

"Si todo lo anterior se cumple, es posible decir que se vive la vida placenteramente, lo cual considero que es el objetivo de la vida: ¡ser feliz!

"Es importante priorizar en cada etapa, cada concepto, pues una buena educación hará que se facilite la oportunidad de construcción y se abran las puertas para conseguir un trabajo que te agrade y te apasione. Si lo que haces, te agrada, te apasiona y a la vez te da dinero, ¡estás hecho!

"Si por el contrario no se invierte tiempo en educación, seguramente será más complejo construir y por tal razón, seguramente, habrá menos oportunidades de diversión. No quiero decir que sólo quien tiene la posibilidad de ir a una universidad tiene la oportunidad de ser feliz. De hecho muchos de los grandes empresarios de hoy en día, nunca terminaron sus estudios secundarios, aún así, si lees la biografía de varios de ellos, aunque no estudiaron formalmente, dedicaron ese primer tercio de su vida a educarse, aprendiendo algún oficio o moldeando sus habilidades, sin embargo, en un mundo en el cual crecen constantemente los descubrimientos y los avances en todos los campos, cada vez será más complicado que sólo el talento o la inteligencia te abran las puertas a oportunidades que cumplan los requisitos ideales: Que te divierta, que te apasione y que te produzcan dinero.

"La ecuación de los setenta y cinco, divido tres, puede tener ciertas variaciones debido a los mismos requerimientos de la sociedad actual, esto quiere decir que quizás la prioridad en la educación no termine a los veinticinco sino a los treinta, debido a una maestría o especialización y por lo difícil de la economía, posiblemente tampoco se pueda dejar de trabajar a los cincuenta y quizás se deba hacerlo por varios años más, lo que hará que la división del tiempo cambie, posiblemente a treinta, treinta, quince; lo cual incluso se asemeja más a la edad usual que los gobiernos estipulan, por ley, como tiempo de jubilación, que es entre los sesenta y sesenta y cinco años para casi todos los países que lo aplican.

"Sin embargo, si te educas en algo que te apasiona, seguramente disfrutarás de años adicionales dedicados al estudio y si tu trabajo te agrada y te es rentable, pues seguramente no será una gran molestia seguir trabajando algunos años más. Así pues, aunque la ecuación varíe un poco, igualmente se está alcanzando la felicidad.

"Adicionalmente, si llevas una vida sana, seguramente vivirás más años que el promedio, entonces esos setenta y cinco años, se convertirán en ochenta y cinco y aunque hayas dedicado cinco más en cada etapa, tendrás los mismos veinticinco disponibles al final.

"Asimismo, los criterios de inversión deben cambiar en cada etapa. En la primera, si se tiene la posibilidad y el capital como para hacer inversiones antes de los veinticinco años, primero que nada se debe aceptar que a esa edad aún se ignoran muchas cosas y se es inocente de muchas otras, por lo tanto debe tenerse mucha prudencia y no pretender que se conseguirán millones de la noche a la mañana, eso sólo sucede en el 0.000001 % de los casos, o sea, uno de cada cien millones. En cambio sí sucede con más frecuencia que muchos jóvenes pierdan el poco capital acumulado debido a inversiones que se presentan como grandiosas pero que terminan siendo un fraude. En todo momento de la vida hay que ser muy receptivo y dejarse aconsejar por los que han vivido un poco más, pero más aún a esa edad.

"En el segundo tercio de la vida se deben manejar muy bien los criterios de inversión a corto, mediano y largo plazo. No todo lo que se desee invertir debe serlo a un solo plazo, si lo dejas todo para el largo plazo, quizás nunca llegues a disfrutarlo. Además, lo que es buena inversión hoy puede que no lo sea en veinticinco años. Si lo inviertes todo al corto plazo, no estarás forjando nada para el futuro.

"En la tercera etapa se debe pensar con la cabeza más fría, aceptar realidades tales como que endeudarse para comprar una propiedad y pretender beneficiarse de su renta luego de los sesenta y cinco años, es realmente una estupidez, debido a que una propiedad se alquila usualmente por el cero punto cinco por ciento de su valor comercial, o eso es lo que queda luego de pagar impuestos y mantenimiento, lo que significa que para librarla tendrás que esperar doscientos meses, que son más de dieciséis años, lo que supera, por mucho, la expectativa de vida si tu inversión fue después de los sesenta y cinco años de edad. Situación que se agrava si, para comprarla, tuviste que recurrir a un préstamo, los cuales, aún para vivienda y en el mejor de los casos, no suelen tener un interés menor al uno por ciento mensual.

"Si el objetivo primario es conseguir esa propiedad para dejarla como regalo a un ser querido, por ejemplo un hijo, entonces quizás sea una buena opción pero se debe tener muy en claro que, además de la gratitud de su hijo, no recibirá realmente ningún beneficio económico.

Por el contrario, tomar ese capital para inversiones a más corto plazo, que generen cierta rentabilidad, incluso aunque sea poca, es mejor elección. Inversiones que incluso en la mayoría de las ocasiones, pueden despertar mayor creatividad e interés al inversor que el tener el dinero puesto en una propiedad y no hay que hacer nada más que cobrar la renta de cada mes. Así el dinero no perderá su poder adquisitivo y se podrá disponer de él más fácilmente para ser usado en nuevos retos u otros gastos más placenteros, como por ejemplo la compra del vehículo que siempre se ha querido o hacer ese crucero que siempre se ha soñado, pues recuerda que estamos hablando de los que ya han llegado al tercer tercio de su vida, cuando de los tres aspectos, Educación, construcción y diversión, debe estar primando la diversión".

–¡Bien dicho! –Dijo Don Simón–. Y creo que después de todo este parlamento ya nos hemos ganado un trago, Juan, sírvenos algo por favor. Los hombres y las mujeres somos muy parecidos, si nos juntamos con gente agradable, podemos hablar todo un día, la diferencia radica en que el hombre sólo puede hacerlo si está bebiendo, mientras la mujer lo puede hacer tomando café.

–¡Jajaja! –Rieron todos y Juan sirvió un trago a cada uno y luego dijo:

–Yo estoy estudiando y desde ya se me han ocurrido varias ideas que creo que serían rentables y de seguro me apasionarían, sin embargo yo no soy millonario y no tengo la posibilidad de ponerme a ensayar a ver cuál de todas podría ser el mejor negocio, además muchas de ellas necesitarían mucho capital para hacerlas realidad, entonces, ¿cómo escoger?

Brian, por su experiencia de haber sido un hombre con talento para los negocios, se dispuso de inmediato a contestar:

–Juan, tengo tres frases que pueden ayudar a que tú mismo te respondas esa pregunta. Aclaro que ninguna de ellas es de mi autoría:

La primera es: "La imaginación lo es todo, y por tal, puede ser una visión anticipada del futuro que está por venir", de Albert Einstein. La segunda es un aforismo de Buda: "Todo lo que somos es el resultado de nuestras ideas puestas en acción". Y la tercera la dijo Martin Luther King. Dice: "Da tu primer paso con fe, no es necesario que veas la escalera completa, sólo da tu primer paso con fe". Ahora te digo yo, hay que rezar constantemente para agradecer las cosas que Dios nos da, pero no esperar que Él haga todo por nosotros. Si lo hiciera, entonces seríamos totalmente dependientes de Él y al hacerlo, no seríamos libres... y recuerda que el mayor regalo que él nos dio es el libre albedrío.

–Bien dicho muchacho –expresó Don Simón y continuó–, si ve usted yerno, estos jóvenes de hoy en día son sorprendentes, ojalá yo hubiera tenido esa sabiduría al hablar cuando tenía esa edad.

Brian sintió un poco de vergüenza al escuchar el elogio de Don Simón ya que sabía que ese conocimiento lo había adquirido en muchos años de vida y no tan sólo en los veinticinco que aparentaba ahora.

Mientras compartían el siguiente trago, Don Simón dijo:

–Por otro lado, no hay felicidad completa sin una compañía para compartir los logros y las dificultades, no importa que se logre conseguir un trabajo que te apasione y que este, además, te enriquezca, si no se está en compañía de alguien para vivir todo esto, la felicidad no es completa.

–Eso es cierto, aunque una pareja "ideal" no significa que no tenga nada que quisieras cambiarle, significa que sean compatibles en las cosas que importan. El problema es que, en muchas ocasiones, las personas se equivocan en la elección.

–¿Y por qué crees que sucede eso? –Preguntó Juan.

–Creo que se da principalmente por tres factores –respondió Tom–. Primero, la inmadurez de muchas parejas, las cuales se casan sin conocerse bien, muy jóvenes e inexpertos. En segundo lugar, porque muchos hombres le piden matrimonio a mujeres que intuyen que serán excelentes madres para sus hijos y muchas mujeres aceptan casarse con hombres porque vislumbran que serán excelentes padres para sus hijos y proveedores para el hogar, pero pocos se fijan si la persona que han encontrado se amolda a ellos como pareja. No es que lo primero no sea relevante, es muy importante, pero no se debe anteponer lo indispensable que es que ambos congenien en la forma de querer vivir sus vidas. Cuando esto sucede, usualmente ninguno de los dos se equivoca, la mujer resulta ser una buena madre y el hombre un buen padre, pero finalmente terminan separados porque, juntos, no hacen una buena pareja. La tercera razón es el miedo a la soledad, que puede hacer que dos personas se junten sin tener muchas cosas en común, lo que puede llevar a que, pasado un tiempo de estar juntos, se acabe la magia del inicio y ya no encuentren razones para seguir compartiendo la vida.

–¡Oh! ¡Qué análisis tan maduro! –Dijo Don Simón–. Cualquiera diría que ya has estado casado por muchos años y que tienes familia, lo cual supongo que no es así por la edad que tienes, ¿o me equivoco?

–Tengo un amigo que ya ha pasado por todo esto –respondió Brian, para evitar la confusión.

Mientras Brian hablaba, habían ingresado al bar Jacob y su sobrina Ángela, y se habían acercado a la barra pero él aún no lo había advertido pues estaba sentado de espaldas a la entrada.

Juan había reconocido a Jacob pero este le había hecho un gesto, para que no interrumpiera la conversación.

–Qué bueno, algún día nos lo presentarás –dijo Don Simón.

–Quizás no sea posible –contestó Brian–, porque él está en estado de coma y no se sabe si morirá.

Jacob y Ángela escucharon lo que Tom dijo y ambos supusieron que se refería a Brian Rees. Lo que les pareció extraño fue escuchar que esa persona le había comentado mucho sobre su vida, puesto que creían que ellos dos se habían conocido tan sólo una noche antes del accidente que había dejado a Brian en coma.

Jacob y Ángela se habían encontrado esa tarde en la universidad. Ella le había comentado a su tío que la semana anterior había dejado su bufanda en el bar y que iba por ella, así que él había decidido acompañarla y en el camino se fueron hablando, entre varias cosas, de Tom.

Luego de la intervención de Tom, el grupo quedó en silencio. Entonces Jacob intervino, haciendo que los ánimos se tornaran nuevamente más alegres, diciendo:

—A veces nos resulta difícil aceptar la muerte de un ser querido o imaginar que algún día ya no viviremos en este mundo, pero nuestros cuerpos tienen una forma de perdurar después de morir pues están compuestos por átomos que han existido desde el comienzo del universo y continuamente se reciclan e intercambian. Lo que hoy es nuestro cuerpo fue en el pasado parte de plantas, de animales e incluso de otros humanos. El viaje de la vida, no es más que un diminuto paso de uno mucho más largo, y este ciclo se repite incesantemente.

Todos miraron a Jacob y Brian se volteó, sorprendido de escucharlo, más aún cuando vio quién lo acompañaba.

Antes de permitir una presentación formal, Ángela no quiso quedarse atrás y también aportó a la conversación:

—Diariamente, millones de células mueren en nuestros cuerpos, y se retiran de ellos a través del crecimiento del cabello y de las uñas, del sudor, la saliva o la materia que nuestros cuerpos convierten en energía para poder vivir. Así pues, está comprobado científicamente que la mayoría de las células que nos conforman, se renuevan totalmente en un plazo de unos de cinco años, lo que quiere decir que dentro de un tiempo no quedará casi nada de lo que físicamente somos ahora y aún así podremos volver a tener esta conversación en el futuro y recordaremos todo lo que hemos hablado, aunque en ese momento nuestro cuerpo ya esté conformado de átomos totalmente diferentes a los de hoy. Eso es lo realmente sorprendente, ¿No les parece?

–Qué interesante afirmación –dijo Don Simón–. ¿Pero quiénes son ustedes?

–Disculpen la intromisión, mi nombre es Ángela y él es mi tío Jacob. Hace unos días estuve acá y olvidé mi bufanda, así que vine a ver si Juan la había encontrado.

–Hola Ángela, ¿tu bufanda? Si... bueno, encontré una bufanda hace unos días, supongo que debe ser la tuya, te la mostraré.

Mientras Juan iba a buscar la bufanda, Tom y Jacob se saludaron por lo que Don Simón y su yerno entendieron que todos se conocían con anterioridad.

Continuando con el tema, Ángela prosiguió diciendo:

–Yo soy enfermera y como trabajo en un hospital el nacer o morir son hechos que veo a diario, lo difícil en el nacimiento no es el momento sino el preámbulo, la expectativa de los familiares y la angustia de la madre. En los fallecimientos, el cambio de los pacientes y la impotencia de sus seres queridos. Pero lo más increíble es ver cómo todo aquel que se entera que va a morir dentro de poco, intenta hacer y decir, en el poco lapso que le queda, todo lo que no ha hecho ni dicho en toda su vida. Conozco casos de personas que se han enterado que tienen cáncer y morirán en seis meses o un año, y logran que ese tiempo sea más productivo y placentero que sus últimos diez años de vida. Hacen realidad muchos sueños que tenían y consiguen la fortaleza de expresarle a sus familiares o allegados muchas cosas que querían decirles tiempo atrás y nunca lo habían hecho, por ejemplo, nunca olvidaré la frase de un paciente, hace un año, él dijo: 'Gracias al Cielo, supe que tenía cáncer'. Aunque realmente sé que él quería decir que agradecía el poder haber sabido que le quedaba poco tiempo de vida, porque era lo que le había dado valor para hacer y decir muchas cosas que tenía en su mente desde tiempo atrás y que quizás nunca las hubiera llevado a cabo de no ser por las circunstancias que lo rodeaban.

"Esto parece sonar muy bueno, pero a mi modo de ver es triste, porque demuestra que la mayoría de las personas nos quedamos con muchos sueños sin cumplir y que muchos de ellos, realmente los hubiéramos podido llevar a cabo pero no los materializamos por simple temor o peor aún, por simple desidia.

"¿Por qué no hacerlo ya? No todos tendremos la 'suerte' de saber que moriremos, seis meses antes".

Jacob asintió con su cabeza, para mostrar que estaba de acuerdo con la afirmación de su sobrina y terminó el tema diciendo:

–Morir es el precio que pagamos por vivir, y está pago desde que nacemos, entonces ¿por qué preocuparnos tanto por ello? Lo importante no es cómo se nace o se muere, sino cómo se vive.

Capítulo 10

Abriendo espacio para la felicidad

Pasados unos minutos, Don Simón y su yerno Pedro se marcharon y luego lo hizo Jacob, pero Tom convenció a Ángela para que lo acompañase a tomar un trago más y así poder hablar.

–Sé que estás molesta conmigo y entiendo que lo que hice no te pareció lo más adecuado pero...

–No Tom, no estoy enojada por algo que hayas hecho, estoy triste porque me demostraste que no confías en mí. Jacob y yo te hemos abierto las puertas de nuestra familia, él te ayudó a entrar a la universidad, yo te he llevado muchas veces a mi casa, aún cuando tu eres un completo extraño y sabemos muy poco de ti, en cambio tú ya sabes todo sobre nosotros y aún así no nos confías lo que tanto ocultas.

–¿Aún piensas que soy un ladrón que quiere aprovecharse de Brian o de su esposa?

–Es que todavía no entiendo cuál es tu conexión con ellos, pero sé que no fue coincidencia que ustedes dos llegaran al hospital el mismo día y tampoco creo que Brian y tú sólo se hubieran conocido un par de horas antes en este bar.

–El no hablar de eso contigo no significa que no te tenga confianza, todos tenemos secretos y la razón por la que los ocultamos pueden ser muy variadas, como el temor a no ser entendido, tristeza en el momento de intentar explicar algo, o no encontrar las palabras para hacerlo.

–Entonces tengo razón, ustedes se conocen desde mucho antes.

–Aunque no lo creas, esa es una pregunta muy difícil de responder.

Con un tono de visible enojo, Ángela respondió:

–Tom, si no me quieres contar, pues no me cuentes, ya no soy una niña y entiendo claramente cuando alguien está usando evasivas y estás demostrando con eso es que el niño eres tú. Aunque en ocasiones pareces muy maduro, hoy no lo estás demostrando.

Al comienzo, para Brian, ella era tan sólo una niña de cara bonita, sin embargo en los últimos tres meses, el hecho de estar en constante comunicación con ella y con jóvenes de la universidad, le había recordado que a esa edad ya nadie es un niño, por el contrario, todos son adultos aunque con poca experiencia acerca de algunas cosas de la vida pero, a cambio de eso, eran adultos con muchas energías para hacer lo que otros ya no podían conseguir aunque tuvieran la experiencia el conocimiento para lograrlo, por no tener la fuerza interior para luchar por conseguirlo.

Para intentar cambiar el tema, Brian preguntó:

–Sé que no eres una niña, aunque ahora que lo pienso, no sé qué edad tienes, ¿se puede saber?

–Cumplo veinticinco el día diecinueve del mes que viene.

–¡No puede ser! Yo cumplo un día antes, el dieciocho.

–¿Es verdad eso?

Brian, inmediatamente se dio cuenta del error que había cometido, era él quien cumplía en ese día, Tom había cumplido veinticinco años un día después del accidente, o sea, tres meses atrás. Al reconocer esto, él sabía que Ángela podía conocer la fecha de nacimiento de Tom revisando sus documentos en la clínica, así que rápidamente intentó solucionar el error diciendo:

—Bueno, aunque suene extraño, en realidad llevo en mi mente dos fechas de cumpleaños, la primera es la fecha que aparece en todos mis documentos y fue puesta por el orfanato, pero posteriormente, mi madre comenzó a visitarme con cierta frecuencia y les confirmó la verdadera fecha de mi nacimiento.

Brian sabía que estaba diciendo nuevamente otra mentira, pero en parte era cierto, en su mente existían dos fechas de cumpleaños, la de él y la de Tom.

—Sí, ¿ves?, todo se puede explicar con palabras, por extraño que parezca —dijo Ángela, con cierto tono de sarcasmo como queriendo recordarle que aún no le había explicado qué relación tenía él con el paciente en coma.

Tom y Ángela continuaron hablando sobre sus anhelos para el futuro, los errores cometidos en el pasado y sus antiguos amores. En cada tema, para él siempre se generaba un conflicto entre lo que debía o no debía responder, ya que en su mente perduraban las vivencias de dos personas, las cuales habían tenido anhelos, errores y amores diferentes, así que en cada respuesta intentaba fusionar las vivencias de ambos.

Luego de la respuesta, Ángela le preguntó cuál había sido el momento en el que él se había sentido más incomprendido por alguna de sus antiguas parejas, entonces Brian recordó un suceso ocurrido cinco años atrás, cuando, mientras arreglaba su armario, sacando ropa vieja para regalar, había encontrado su antigua camiseta del equipo de la universidad y se la había puesto. Estaba mirándose al espejo, observando que aquella camiseta ya le quedaba más apretada en la barriga que en el pecho y recordando su gloria pasajera de jugador y todo lo que había disfrutado esa época, cuando había entrado su esposa Laura a la habitación y sin entender lo que podía pasar por su mente, le había dicho: "¿Qué haces con esa camisa vieja? Vas a quedar oliendo horrible y hasta te puedes enfermar, debe estar llena de mugre y ácaros, de tantos años que lleva guardada. ¡Mejor bótala, porque los hilos están tan viejos que, si se lava, de seguro se va a terminar de romper!"

Brian sabía que Laura no entendería lo que él estaba sintiendo en ese momento, ella nunca había conocido al Brian Rees deportista y popular de la universidad, ella conoció el hombre yacente en una cama de hospital en que se convirtió luego del accidente. Sin embargo ese era el momento que recordaba cuándo se había sentido menos comprendido, lo malo era que sabía que no podía contestarle con eso a Ángela, así que simplemente dijo:

–No recuerdo haber tenido ningún problema de ese tipo con Samanta, en realidad creo que nos entendíamos bastante bien en todo y con las personas anteriores a ella, no vale la pena mencionar cualquier incomprensión pues era normal que sucedieran ya que con ninguna de ellas pasé el tiempo suficiente para llegar a conocernos bien.

–Para mí, fue todo lo contrario –dijo Ángela–. En mi última relación siempre existió desacuerdo entre lo que yo quería para mi futuro y lo que él pensaba qué era lo mejor para mi. El es médico y nos conocimos cuando yo estaba terminando mi carrera de enfermería. Al comienzo él no opinaba nada acerca de mi carrera, pero meses después empezó decirme que me cambiara a estudiar medicina. Pero yo no quería, no porque pensara que no podía hacerlo, sino que ya había conocido un poco de la vida de ser médico, la prepotencia de muchos de ellos, que lentamente comienzan a creer que no hay nadie mejor, o que su profesión es la única importante y de cómo la mayoría sólo vive para sus carreras y todo lo demás pasa a un segundo plano y eso está bien para alguien que tenga una pasión extrema por la medicina pero ese no es mi caso, me gusta la medicina pero también quiero hacer otro montón de cosas diferentes. Además, he visto cómo muchos otros médicos, al pasar los años, olvidan su juramento hipocrático y sólo buscan conseguir más y más dinero. Por el contrario, nada de esto pasa en el gremio de la enfermería, estamos mucho más en contacto con el paciente y eso me gusta mucho más.

–Te entiendo.

–Él nunca lo hizo, siempre creyó que ser enfermera, teniendo la capacidad y la oportunidad de estudiar medicina, reflejaba que yo no tenía aspiraciones, pero nunca entendió que, por el contrario, tengo muchos deseos de hacer y aprender muchas cosas, no solamente medicina, y al estudiar una carrera como esas, si de verdad quieres hacerlo bien, debes dedicarle toda tu vida, porque de lo contrario terminarás siendo un médico mediocre. Y como yo no quería eso, me decidí por la enfermería, así cumpliría un poco ese sueño y tendría tiempo para realizar muchos otros más, por ejemplo estudiar psicología, como lo hago en la actualidad.

Por unos segundos, ambos se quedaron en silencio, hasta que de repente Tom, preguntó:

–Ahora mencionaste el juramento hipocrático, o sea el juramento que hacen los médicos al graduarse, ¿sabes donde surgió?

–Sé que es bastante antiguo y que, en resumen, dice que todo médico debe respetar a sus colegas, que sus conocimientos deben ser usados en beneficio de los enfermos sin hacer discriminación de sexo, raza o condición social del paciente, además que debe guardar silencio acerca de los secretos de sus pacientes, pero su origen exacto no lo recuerdo.

–Su nombre se remonta a un médico griego llamado Hipócrates, en el siglo V a. C., y su difusión inicial se debe a otro médico griego llamado Galeno quien ejerció la medicina en la Roma del siglo II d.C. Según Galeno, Hipócrates redactó el juramento y comenzó a difundirlo entre sus discípulos, los cuales no eran necesariamente de su familia como era la tradición de divulgación entre los médicos de esa época.

–¿Y tú donde aprendiste eso?

–Así como a una enfermera no sólo le interesa la enfermería, un artista no sólo tiene que saber de pinturas, ¿no te parece?

En ese momento, ambos se miraron fijamente y Brian supo que era su oportunidad de acercarse y besarla así que rezó para que en esta ocasión no sonara nuevamente su celular, como había sucedido la vez anterior y agradeció a Hipócrates por haber escrito su juramento, a Galeno por difundirlo, a Apolo el médico, a todos los dioses griegos y a todos los que desde el cielo le habían ayudado a recordar aquel juramento, en el momento justo para lograr crear la escena que ahora estaba por vivir.

Fue un beso corto, con más ternura que pasión. Brian separó ligeramente su cara del rostro de Ángela, tan solo la distancia necesaria para poder contemplarla. Ese beso lo había dejado encantado, una especie de cosquilleo recorría todo su cuerpo, era una sensación fascinante. Tanto, que por unos segundos olvidó toda su realidad actual y no hubo nada más en su mente que el rostro de Ángela; cada movimiento de sus labios, cada caricia, cada gesto y la forma en cómo se habían besado, le resultaban familiares, había sido tan especial que sentía como si no fuera la primera vez que se besaban, como si llevaran años haciéndolo pero, aún así, no se perdió la emoción que genera siempre un primer beso. Mientras tanto ella también lo miraba, intentando leer, a través de sus ojos, lo que él estaba pensando.

–¿En qué piensas?

–En ti.

–¿En mí?

–Sí, en ti, y en lo que me estás haciendo sentir.

–¿Y qué estás sintiendo en estos momentos?

–Muchas cosas, entre ellas, un poco de miedo.

–¿Miedo? Y ¿por qué miedo? Yo no muerdo... bueno, en ocasiones si y lo haré cuando menos lo esperes.

–¡Jajaja! No es eso, es miedo de volver a cometer alguna estupidez que nos aleje nuevamente, miedo de que me conozcas verdaderamente y no te guste quien soy, miedo de estar haciendo algo incorrecto, miedo de que se acabe muy pronto este momento de felicidad.

–Tener miedo no es malo, de hecho es supremamente importante para nuestra supervivencia, es capaz de salvarnos la vida, cuando lo sentimos, millones de pulsaciones nerviosas corren a través de nuestra espina dorsal, hasta llegar a las glándulas suprarrenales que están situadas cerca de los riñones, esto desata una descarga inmensa de adrenalina que nos pone en un estado de alerta total, la adrenalina es una hormona vital que puede, en una fracción de segundo, inundar nuestro organismo, llevando esta sensación a cada parte de nuestro cuerpo, en cuanto llega a los pulmones, respiramos más profundamente y aspiramos más oxígeno, también hace que el corazón trabaje más aprisa, ambas cosas ocasionan que una gran cantidad de sangre oxigenada corra rápidamente por nuestras venas, haciendo que los músculos aumenten su condición de resortes, proporcionándonos mucha más capacidad para correr, saltar o luchar, todos nuestros sentidos se agudizan y entran en un estado de alerta total, mejorando nuestra percepción para evitar al máximo que caigamos en alguna trampa o cometamos algún error y nuestros reflejos se vuelven tan rápidos que pueden hacer que el cuerpo entero se mueva ágilmente para escapar de algún peligro, incluso antes que el cerebro haya entendido claramente cual era la amenaza. Por tal motivo el miedo no es malo, lo que se debe hacer es administrarlo adecuadamente y a nuestro favor.

–Entonces, en este momento estoy tan alerta que no podrás morderme aunque quieras, pues mi cuerpo reaccionará al más mínimo intento tuyo de hacerlo.

–¡Jajaja! No necesariamente, si por casualidad te muerdo mientras te beso, te aseguro que lo haré de forma tal que aunque sientas dolor, también sentirás felicidad y en ese momento tu cuerpo liberará endorfinas, estas inhiben el dolor impidiendo que llegue a la médula espinal, entonces quizás no sientas el mordisco.

–¡Jajaja! ¡Vaya! Veo que no tengo oportunidad de salvarme, si el estar contigo me pone nervioso, entonces libero, no sé qué cuántas cosas en el cuerpo que me ponen alerta pero no me dejan desconectarme y disfrutar el momento y si estoy feliz, entonces podrás aprovecharte de mí, esto me está estresando.

—Cuidado, porque el estrés, como el miedo, hace que el cuerpo libere Adrenalina, haciendo que la vista y el oído mejoren, la capacidad pulmonar se agrande y la mente pueda analizar más rápido, toda situación que lo rodea, sin embargo, al estresarte, también se libera una hormona llamadas Cortisona, la cual es una especie de antídoto corporal contra el exceso de adrenalina, el problema es que mientras la adrenalina se disipa rápidamente, la cortisona puede permanecer en niveles altos por más tiempo, manteniendo a quien está estresado en un estado de ansiedad y de hambre continua. Además ocasiona la retención de líquidos en el cuerpo y la disminución de los glóbulos blancos, lo que promueve el aumento de peso y el incremento del riesgo en problemas cardiovasculares. Adicionalmente, quien se mantiene constantemente estresado, se vuelve un ser irritable y comienza a sufrir de insomnio, agotamiento, gastritis y estreñimiento y alteraciones del apetito, así que si te estresa estar conmigo, como amiga y como enfermera, mi misión sería cuidarte y por tal tendría que alejarme de ti.

—¡Jajaja! —Volvió a reír Brian

—¿El estrés te causa risa?

—No, me río porque no tengo la más mínima idea que más decir, al parecer todo lo que diga o sienta puede liberar en mi organismo algo terrible y peligroso, entonces mejor me río. No me digas que la risa también libera alguna hormona mortal para mi cuerpo.

—De hecho, cuando nos reímos, las articulaciones de la columna vertebral se estiran, y lo mismo ocurre con las cervicales, justo donde acumulamos más tensiones, los ojos se inundan de lágrimas y ese baño lubrica la vista y la agudiza, nuestra capacidad pulmonar mejora haciendo más rápida la expulsión de toxinas y el ritmo cardiaco aumenta haciendo que las células de todo el cuerpo se oxigenen, por tal, la risa es uno de los mejores medicamentos para el cuerpo.

–Ahora veo que la risa, es algo demasiado serio.

–Es cierto, se ha comprobado científicamente que tres minutos de risa a carcajada limpia equivalen a cuarenta y cinco minutos de aeróbicos y esto es porque a través de la risa se mueven unos cuatrocientos músculos, lo cual es más del sesenta por ciento de total que tenemos en todo el cuerpo, además es uno de los mejores antídotos contra la depresión.

–Si la risa es sólo uno de los mejores antídotos contra la depresión, entonces... ¿cuál es el mejor?

–No creo que no sepas, te estás haciendo el tonto o es una forma muy sutil e inteligente de introducir el tema.

–¿Cuál tema?

–Ya me di cuenta que es por tonto. ¡Jajaja...! El mejor antídoto contra la depresión es el sexo.

–¡Jajaja! Ya entiendo, disculpa la estupidez.

–En una relación sexual se produce una verdadera revolución en nuestro organismo, el deseo libera adrenalina, la circulación sanguínea aumenta y cuando la excitación va creciendo, también entra en juego la endorfina, que es la hormona responsable de la sensación de placer, alcanzando el nivel máximo en el orgasmo.

"Con el sexo, se liberan también las hormonas sexuales, estrógenos en la mujer y testosterona en el hombre, con las que confluyen sustancias capaces de fortalecer el sistema inmunológico. Con esta descarga hormonal, aumenta la producción de células que combaten enemigos como los virus y bacterias. Es decir, el sexo tiene el mismo efecto que una aspirina pero es más sano y divertido. Además, luego de llegar al clímax, se produce una relajación total, la cual ayuda a reducir cualquier dolor muscular e incluso el dolor de cabeza porque éste normalmente se produce por la constricción de los vasos sanguíneos del cerebro y el sexo, como te dije, actúa como una aspirina, facilitando la circulación sanguínea.

"Pero ahí no terminan los beneficios del sexo. Durante un orgasmo se sucede una pequeña pérdida de conciencia la cual, aunque dura unos pocos segundos, es el tiempo que la mente toma para descansar completamente, incluso mejor que si estamos dormidos y así se recargan las baterías de la memoria.

"Por otro lado, el sexo evita el envejecimiento prematuro, debido a la liberación de hormonas, produce el aumento en la secreción de más agua y aceite de las glándulas sudoríparas, lo que ayuda a mantener la piel hidratada y protegida. Incluso el cabello se ve más sano y con más brillo, además sirve para adelgazar pues en una relación sexual se pueden quemar entre cien y doscientas calorías. Incluso es un buen remedio para combatir la celulitis ya que mejora la circulación sanguínea".

–Entonces, en resumen, el estrés y el enojo te engordan y te bajan las defensas haciéndote más propenso a cualquier enfermedad, mientras el sexo y la risa te adelgazan, mejoran tu salud y te vuelven más lindo. Entonces, manos a la obra, a reír y a...

Aunque era una buena broma, Brian no terminó la oración por vergüenza, así que Ángela continuó:

–¿A que...? ¡Dilo!

—¡Jajaja! Ya me estresé de nuevo —dijo Tom—. Pero es increíble lo mucho que hoy he aprendido contigo.

—Gracias, igual yo contigo.

Esa noche terminó mucho mejor que en la cita anterior y ambos estaban felices de que así fuera. Ángela llevó a Tom a la galería donde él vivía ahora. En el camino, ella estuvo suponiendo que, una vez que llegaran, él le pedirá que se quedara un rato más, pues era lo que usualmente haría un chico de su edad. Sin embargo, mientras tanto, él se sentía completamente tímido pues hacía veinticinco años que no cortejaba a una mujer que no fuera su esposa. Una vez estacionados en la parte trasera de la galería, Brian simplemente se bajó del auto, se dio la vuelta hasta la ventana de Ángela, esperó a que ella bajara el vidrio y la besó dulcemente, luego se fue caminando hacía la puerta pero antes de entrar se volteó y le dijo:

—Se me ocurre que deberíamos programar hacer algo para el fin de semana en que ambos cumplimos años, ¿Qué te parece?

—¿Qué tienes en mente?

—Hace muchos años he querido regresar a un lugar, es algo sencillo pero sé que te encantará, queda a unas tres horas en auto, ¿qué te parece?

—¿Hace muchos años? ¿Como cuántos?

—Veinticinco, para ser exactos.

—¡Jajaja! Que buen chiste... bueno, tienes tres semanas para convencerme, pórtate bien y quizás acepte. ¡Chao! Nos vemos mañana.

—No te olvides llamarme cuando llegues a tu casa.

—Lo haré.

Luego de llamar a Ángela para verificar que hubiera llegado a salvo a su casa, Brian se quedó despierto un rato más, analizando cómo era que una jovencita de veinticinco años le tenía el corazón rejuvenecido, sin embargo también reflexionó acerca de Laura y se sintió mal al pensar que mientras él comenzaba un romance y había disfrutado toda la noche, ella debía estar agobiada en casa cuidando de un cuerpo que vegetaba, así que decidió llamarla en la mañana para saber como estaba.

Muy temprano, casi al amanecer del día siguiente, Brian se levantó y comenzó su rutina de limpieza y organización de la galería. Por un lado se sentía extraño desempeñando un tipo de labores que nunca, ni siquiera en sus años de juventud, había tenido que desempeñar, pero por otro lado, entendía que era algo circunstancial y un paso necesario para ir creciendo en esta nueva vida que estaba llevando, por lo cual no se sentía rebajado o desanimado, sabía que no era un trabajo indigno y que como todos los trabajos, se debía hacer bien ya que era necesario para demostrarle a los que ahora lo rodeaban, que él era un hombre emprendedor.

Recordó la propuesta que le había hecho la noche anterior a Ángela, de pasar juntos el fin de semana en el cual, casualmente, ambos cumplían años.

El lugar al que Brian se refería era una pequeña cabaña en las montañas, al borde de un lago, en la cual sus abuelos habían pasado sus últimos años. De niño él los visitaba con frecuencia ya que toda la familia solía reunirse en aquel lugar para celebrar la mayoría de las fechas especiales del año, así como los cumpleaños y aniversarios. Pasados un par de años luego de la muerte de sus abuelos, su padre había vendido la cabaña y sus nuevos dueños la habían convertido en una posada, que bautizaron "Valle Edén", la cual pudo conocer tiempo después, cuando tenía dieciséis años, pues su padre los había llevado de vuelta para conmemorar el aniversario número setenta de sus abuelos. Aquel día se había reunido toda la familia por parte de su padre, que eran tan numerosa que habían llenado por completo la posada. Esa fue la última vez que recordaba haberlos visto a todos juntos y también la última vez que vio a muchos de ellos. Sin embargo guardaba en su mente y su corazón, todo lo que había disfrutado ese fin de semana.

Al recordar aquello, también vino a su mente el recuerdo de su antigua novia de la universidad y de cómo la última vez que se habían visto, que había pensado en regresar a aquella posada. Había ocurrido casualmente veinticinco años atrás, en el mismo día que había cumplido años, y la idea era pasar ese fin de semana con Samanta. Sin embargo, fue esa misma noche en la que había ocurrido el terrible accidente a consecuencia del cual ella había fallecido.

Esto le llevó a pensar en la coincidencia de las fechas. Ángela cumpliría veinticinco años un día después que él cumpliría cincuenta, día en el cual también se cumplirían veinticinco años de la muerte de Samanta. Recordó el triste amanecer, caminando sin rumbo por los corredores del hospital, donde había conocido a Jacob, el tío de Samanta y se acordó también cómo ese día, el joven y desconocido Jacob de aquel entonces le había dicho un par de frases bastante reconfortantes para ese momento y que nunca olvidaría: *"Tú la amaste y ella murió sabiéndolo, además la acompañaste hasta su último momento e hiciste que su última expresión fuera una sonrisa. Si todo esto pasó, no sólo no deberías estar triste, sino que, de hecho, deberías estar feliz, pues en el poco tiempo que la tuviste a tu lado lograste mucho más de lo que la mayoría de las personas logran con las personas que tienen a su lado toda la vida.*

"La vida y la muerte son inevitables y debido a que ambas suelen estar tan sujetas a decisiones y actuaciones de otras personas, pueden ocurrir en cualquier momento o lugar y por ende son de tan poca importancia, que casi nadie nace en un día memorable o muere haciendo historia.

"Tampoco es importante cuanto tiempo vivimos, todo es como una partida de ajedrez, pocos recuerdan la primera y última jugada y poco importa cuánto duró la partida una vez que se terminó, lo importante fue si se ganó o no. La vida se gana si en la sumatoria de los sucesos vividos, uno se rió más de lo que sufrió, si se hizo feliz a más personas y más veces de las que no, si se dieron más buenos consejos que malos, si se ayudó a más personas de las que se perjudicó, si fueron más los actos buenos que los malos, si al menos se cuidó un poco del planeta y se aportó un grano de arena para su preservación, si a todos los seres que querías y apreciabas, se les dejó claro que lo hacías.

"No es cuestión de cantidad de tiempo vivido, sino de lo que hagamos en esa cantidad de tiempo".

Aunque por veinticinco años, Brian había olvidado el rostro y el nombre de quien le había hablado de esa manera, siempre recordaría que gracias a eso él había podido sobrellevar aquella noche de una manera más serena.

Luego de esto, cayó en la cuenta de que aquel día Jacob se encontraba en el hospital porque su hermana estaba dando a luz y esto sí que le pareció casual, porque eso quería decir que, sin sospecharlo, él ya había conocido a Ángela, tan solo minutos después que ella había nacido y tan sólo minutos después que Samanta había fallecido.

Con una escoba en la mano, Brian se había quedado paralizado, en la mitad de la galería, recordando nuevamente aquel momento del pasado, sin embargo, el sonido y la vibración de su celular en el bolsillo de su pantalón le hicieron volver a la realidad y soltar inesperadamente la escoba, que cayó al suelo.

Quien llamaba era Laura y lo hacía para contarle que su esposo había despertado hacía tres días y que ahora estaba desaparecido. Brian entró en pánico y presionó para que ella le contara todo lo sucedido, entonces ella le contó:

—No sé si ha pasado algo malo o no. El día que despertó estaba completamente alterado, parecía no entender dónde estaba, parecía loco, corría sin rumbo por toda la casa y se miraba en todos los espejos que encontraba, se tocaba la cara y se miraba las manos como si no se conociera. Yo corría detrás de él intentando calmarlo pero él me hacía a un lado sin decirme absolutamente nada. Luego, se encerró en su estudio y no me dejó entrar. Entonces yo corrí a llamar al médico quien, como sabes, lo ha estado visitando con frecuencia. Mientras llegaba yo comencé a buscar una copia de las llaves del estudio y cuando él llegó, le comenté lo que había sucedido, él me explicó que las reacciones de un ser humano al despertar de un coma son siempre imprevisibles, así que juntos abrimos la puerta y él estaba de pie, al frente del mueble donde tiene varias fotos de la familia y de su pasado, sosteniendo una vieja foto de su equipo de la universidad.

"En ese momento el médico se acercó con mucha calma, se presentó y le contó sobre el accidente que había tenido y del estado de coma en que había caído desde entonces. En ese momento yo le pregunté si ya me reconocía. Él me miró y aunque parecía seguir viendo a un ser extraño, contestó: 'Sí, señora, usted se llama Laura', respuesta que me dejó muy perturbada pues parecía que no entendía que yo era su esposa.

"El médico lo examinó y le comentó que era aconsejable ir a la clínica a profundizar en su evaluación, pero él contestó que no quería ir a ninguna parte. Entonces decidimos no presionarlo y dejar pasar unos días hasta que se sintiera más tranquilo y proponerle de nuevo, que se dejara examinar.

"El médico me recomendó que no le avisara a nadie más, para evitar visitas que pudieran presionarlo. Tal como dijo el médico, así actué. El resto de ese día, Brian se pasó todo el tiempo a solas en el estudio, la ropa y comida que le ofrecí la aceptó con fría cortesía. Al llegar la noche me habló nuevamente y me dijo que si era posible, dormiría en el estudio. Yo quería que durmiera en su habitación pero dado que el médico me había dicho que no lo presionara y además ya en ese lugar llevaba durmiendo las últimas semanas, accedí sin reparos.

"Al día siguiente me levanté muy temprano y lo encontré de nuevo mirándose fijamente en el espejo de la sala, como si no supiera quien era. Sin embargo, al llamarlo por su nombre, volteó, lo que me tranquilizó un poco. Le prepararé un desayuno y lo invité a sentarse conmigo en el jardín. Mientras desayunábamos, yo le conté todo sobre el accidente y el tiempo que había pasado en coma. El sólo escuchaba y casi no habló más durante toda la mañana. En el resto del día, por recomendación del médico quien llamó desde muy temprano, yo le hice varias preguntas acerca de si sabía adónde estaba o si recordaba a tal o cual persona y él a todo contestaba correctamente, pero no hacía ninguna pregunta. Nuevamente quiso encerrarse desde muy temprano en el estudio así que yo no lo molesté más.

"Ayer, otra vez desayunamos juntos y lo vi mucho mejor durante la charla, aunque yo seguía siendo quien más le hablaba, el interactuó un poco más. Pero me hizo algunas preguntas un tanto extrañas: si yo sabía si había pasado algo extraño con él en la noche del accidente y que él no supiera o si lo habían internado en una habitación solo o con compañía. El resto de la mañana estuvo caminando por toda la casa, como si necesitara volver a conocerla. Yo busqué algunas fotos viejas de su familia y de cuando él era niño, las que revisó detalladamente. Luego de almorzar me dijo que quería salir a caminar un rato y no tuve más remedio que acceder. Me pidió permiso para subir a la habitación y cambiarse de ropa, lo que me sorprendió, pues le dije que esa era también su habitación y que podía entrar cuando quisiera. Se cambió de ropa, sacó una chaqueta y volvió a entrar al estudio, se guardó su billetera y salió. Sin embargo eso fue ayer en la tarde y aún no ha regresado, luego de pasadas dos horas yo llamé al medico, a la policía y finalmente a todos los que lo conocen y hemos estado buscándolo sin poder encontrarlo".

Brian había quedado totalmente paralizado por la noticia recibida. No sabía qué decir, Laura dio por terminada la comunicación diciéndole que ella estaba llamando a todos los que podían conocer a su esposo para saber si se había comunicado con alguno de ellos o para que le informaran si sabían algo de él y quedaron en hablar nuevamente si alguno de los dos tenía noticias nuevas.

Capítulo 11

Brian y Tom

Si alguien puede saber qué es lo qué debe estar pensando Tom en este momento, ese soy yo –pensó Brian–. Así que tengo que tranquilizarme y analizar todo con la cabeza fría. Según lo que Laura me dijo, al despertar supo su nombre, quiero decir, mi nombre, y reconoció el lugar en que estaba, entonces parece que Tom ya debe estar entendiendo lo que le ha sucedido. Ya han pasado tres días viviendo en mi cuerpo, viendo y recordando mis recuerdos, ya debe tener en claro quién soy y que tengo dinero. Eso puede ser un problema, pues, si como dijo Laura, él se llevó mi billetera, puede estar pensando hacerse pasar por mí para hacer uso de mis tarjetas y sacar todo lo que le sea posible. Eso sería muy estúpido de su parte, puesto que si lo analiza bien, en las actuales circunstancias, todo mi dinero es suyo, o sea que se estaría robando a sí mismo. De todas maneras sería conveniente confirmar con el banco, pero yo no puedo hacerlo, deberá ser Laura quien se encargue.

Estaba sumido en esas cavilaciones, cuando sonó el teléfono.

–¿Aló?

–Hola, Tom.

–Hola Laura, se me ocurre que debes revisar las cuentas de los bancos y chequear si tu esposo ha retirado dinero o ha hecho uso de sus tarjetas de crédito. Si lo ha hecho, por lo menos podrás averiguar dónde ha estado.

–Es muy buena idea Tom, el problema es que yo no conozco todas sus cuentas y la verdad es que no sé qué tarjetas de crédito tenga consigo. Además, no creo que el banco me de una información tan confidencial con sólo pedirlo, supongo que tendré que solicitar una autorización con la policía.

–No, eso no es necesario, además tardaría mucho. Llama a Susa... a su secretaria, ella tiene... digo, supongo que debe tener, todos los datos de las cuentas.

–¿Llamar a Susana? Es cierto, no sé por qué no se me había ocurrido. ¿Y tú cómo sabes que ella tiene esa información? Por otro lado, aunque tengamos las cuentas, ¿cómo vamos a solicitar los datos en el banco?

–Ella usualmente hace los pagos mensuales de las tarjetas de crédito, las transferencias y las compras de Brian, así que para los asesores de cuenta no les será inusual darle esa información a ella.

–Es genial esa idea, pero ¿cómo sabes que ella tiene esa información?

–Bueno, en las películas siempre muestran que las secretarias saben toda la vida de sus jefes.

–No dejas de sorprenderme con lo que dices. A veces pareciera que tú conoces más a Brian que yo.

–No es eso, sólo soy hombre y veo mucha televisión. Por favor me cuentas si obtienes algún resultado con Susana... la secretaria, ¿dijiste que se llamaba Susana?

–Sí, Susana. Ya te avisaré si tengo respuesta.

Después de media hora, Brian no se aguantó más la incertidumbre y volvio a llamar a Laura.

–¿Hola? –contestó ella, del otro lado de la línea.

–Hola Laura, cuéntame que averiguaste.

–Gracias por la idea Tom, efectivamente ella tenía las claves de las cuentas y pudo averiguar que Brian sacó dinero ayer en la noche, de un cajero en la Terminal de transporte. Estaba por llamar a la policía para que hagan lo necesario para encontrarlo.

–No, no llames a la policía aún, hasta ahora no tienes nada que indique que haya sucedido algo malo. No puedes llamar a la policía sólo porque un hombre hizo un retiro de una de sus cuentas bancarias. Piénsalo, ¿eh? Como tú misma lo dijiste, en el momento de salir, él no aparentaba tener ningún problema. Entonces ¿por qué razón la policía lo buscaría? Eso sólo sucede después de setenta y dos horas de haber desaparecido, así que tendrás que esperar. Por ahora dile a Susana que siga monitoreando los gastos que se hagan y así lo podremos rastrear.

–Está bien, te haré caso. Hablaremos más tarde.

Brian convenció a Laura de que no se comunicara con la policía y siguiera verificando cualquier retiro que hiciera Tom, pues con lo que había escuchado, suponía que él había tomado la decisión de regresar a su ciudad y quizás estaba también pensando en sacar todo el dinero que pudiera antes que le bloquearan las cuentas, para luego desaparecerse con lo poco o mucho que lograra conseguir.

Sin embargo, Brian pensó que eso podría ser lo mejor. Quizás la suma que lograra obtener de las tarjetas, fuera suficiente para él y escaparía asustado para no volver a aparecer. En ese caso podría ayudar a Laura para que, con el apoyo de su abogado y dadas las circunstancias de incertidumbre acerca del estado mental de su supuesto esposo, pasara todos los bienes de Brian a nombre de ella así como el control de sus cuentas y acciones. Como segunda alternativa, Brian ya había pensado que, como él aún podía firmar por sí mismo, podría llegar a escribir un documento con fecha anterior al accidente, en donde claramente le cediera todos los bienes a su esposa, así Tom no podría obtener nada más que lo que lograra conseguir con las tarjetas, lo cual como mucho no sería más que el tope de retiros que tuviera en cada una.

Supuso que lo primero que él haría al llegar a la ciudad sería visitar su antiguo apartamento y, al no encontrar nada, quizás iría al hospital donde había sido atendido. Eso le causó cierto temor ya que podía encontrarse con Ángela y ella reconocerlo. Pensó que si él había viajado en la noche, tal como parecía, de acuerdo a la hora del retiro de dinero en la Terminal, entonces apenas estaría llegando a la ciudad y seguramente tardaría un par de horas mientras él visitara su antigua vivienda y decidiera ir al hospital.

Quería salir a buscarlo pero también entendía que si se encontraban cara a cara, la reacción de ambos sería imprevisible y eso podría traer peores consecuencias. Además no debía abandonar la galería hasta las dos de la tarde, hora en que llegaría el señor Manuel y él podría irse.

Mientras tanto, llamó a Ángela y supo que ella saldría de su turno en el hospital después de mediodía y que luego iría a clases, así que había una gran posibilidad de que Tom lograra encontrarse con Ángela si él llegaba al hospital antes de que ella terminara su turno.

En el mismo instante que llegó el señor Manuel a la galería, Brian salió corriendo en dirección al hospital. En el camino llamó a Ángela y supo que ella aún estaba trabajando y que quizás se tardaría un poco más en salir. Cuando llegó, se sentó a esperar en una cafetería que quedaba justo en frente de la entrada principal del hospital.

Llamó nuevamente a Ángela y mientras hablaba con ella por celular, entró en pánico ya que se vio a sí mismo, entrando por la puerta principal del hospital, en ese momento se quedó mudo. Ángela seguía hablando por el celular pero él dejó de prestarle atención, lo único que escuchó claramente fue cuando ella se despidió diciendo que ya iba de salida, él seguía mirando a su cuerpo caminar, acercándose cada vez más a la entrada del hospital. Cuando lo vio ingresar, el terror lo invadió pues sabía que Ángela estaba a punto de salir por esa misma puerta.

Habían pasado sólo unos segundos pero para Brian parecían una eternidad, se sentía impotente y sabía que sólo podía estar allí, mientras seguramente Ángela y Tom se habrían topado y estarían hablando detrás de la puerta que él miraba con impaciencia. Quería volver a llamarla pero sabía que no sabría qué decir si ella ya había hablado con Tom. Tres minutos más tarde, Ángela salió caminando por la puerta principal, dirigiéndose a su vehículo. Cuando vio que se alejaba, marcó su celular otra vez, pero ella no contestó. Lo intentó una vez más pero obtuvo el mismo resultado. Comenzó a rascarse la cabeza mientras por su mente pasaban mil ideas de lo que había podido suceder adentro si Tom y ella se habían encontrado y por qué razón ya no le contestaba.

Diez minutos más tarde, Brian vio su cuerpo salir del hospital, así que decidió seguirlo, de forma tal que no se diera cuenta. Tom parecía caminar sin dirección, con las manos en los bolsillos y mirando hacia el piso. Le dio la vuelta completa al hospital hasta llegar, sin pensarlo, a la entrada de la capilla. Se quedó mirándola de arriba abajo y finalmente decidió entrar. Brian lo seguía desde lejos y decidió quedarse afuera pues, sabía que si entraba, era casi inevitable que Tom lo viera.

Pasados unos minutos Brian se arriesgó a mirar desde la puerta, al asomar la cabeza, pudo ver cómo Tom caminaba lentamente, observando cada detalle del lugar, examinando cada escultura y pintura que adornaba la capilla, hasta que finalmente se sentó en una de las sillas a meditar. Mientras Brian lo veía desde afuera, entendió que Tom también estaba pasando por una gran crisis, tal como él la había vivido tres meses atrás.

El Padre de la capilla apareció por una de las puertas y se dirigió hacia el confesionario; de las pocas personas que estaban adentro, luego de unos minutos, Tom decidió ir a hablar con el Padre, Brian no aguantó más la incertidumbre de saber que podría contarle Tom, así que decidió acercarse y logró llegar hacia el lado opuesto del confesionario, lugar en el cual era difícil que lo viera Tom y además, dado el silencio del lugar, podía escuchar perfectamente, la conversación entre Tom y el Padre.

–Buenas tardes Padre.

–Buenas tardes hijo, dime tus pecados.

–Padre, voy a contarle un secreto y espero que no piense que estoy loco. Hace poco intenté suicidarme y aunque no morí, desperté en otro cuerpo, siendo muchos años más viejo, no sé si fue un castigo de Dios por haberme intentado quitar la vida.

El padre se quedó unos segundos en silencio meditando lo dicho por aquel joven y luego prosiguió en forma serena:

–Hijo, para entenderte mejor, cuéntame primero, ¿por qué intentaste suicidarte?

–Bueno, me sentía muy solo, como si a nadie le importara y no había nada que me motivara a luchar, además estaba sumergido en un gran problema de drogas que no podía controlar, tanto que ya ni comía y todo el dinero que conseguía lo gastaba en vicio, entonces, un día antes de mi cumpleaños, entré en crisis y me inyecté una sobredosis que pensé que me mataría.

–O sea que lo hiciste a propósito.

–Sí, lo reconozco

–Pero no moriste, entonces... ¿qué pasó después?

–Sé que estuve en coma por un tiempo y cuando desperté, mi vida era totalmente diferente, ahora tengo una esposa adorable y que se preocupa de mí, una casa gigante, carros y hasta una empresa, soy inteligente y respetado por mi trabajo, pero por otro lado, de repente ya estoy viejo y he perdido la mitad de mi vida.

–Y que pasó con la droga, digo, desde que despertaste, ¿has vuelto a consumir? Mejor dicho, ¿hoy has consumido?

–¡Jajaja! –Rió Tom y continuó hablando–: Padre, sé que por lo que le estoy contando usted puede estar pensando que estoy drogado, pero no es así y ahora que me lo pregunta, desde que desperté no he sentido el menor deseo de drogarme, creo que todo este lío en mi cabeza no me ha dejado pensar en ello. Sin embargo todo este problema me tiene nublado, no sé por qué Dios está haciendo esto conmigo, siento que estoy metido en el cuerpo de otra persona, tengo sus recuerdos, pero no soy yo.

–¿Por qué piensas que Dios te está castigando? Si lo que entiendo es correcto, viviste muchos años sumergido en las drogas, soñando que aún eras joven y libre, seguramente viviendo en fiestas y gastando el dinero en malos hábitos, pero todo eso, contrario a hacerte sentir bien, te hizo sentirte solo y alejado del mundo, seguramente te alejó de tu esposa y tus seres queridos y te deprimió tanto que te llevó al suicidio. Sin embargo Dios, en vez de castigarte, no te dejó morir sino que te dio una segunda oportunidad, no sólo te permitió seguir disfrutando del regalo más hermoso que es la vida, sino que te quitó el deseo de continuar en el abismo de las drogas. Ahora que has despertado nuevamente te das cuenta que lo que te rodeaba era hermoso, tienes una esposa que te adora, como tú dices, una linda casa y hasta un negocio. Hijo mío, Dios no te ha castigado, te ha premiado y debes valorar eso aprovechando cada día al máximo.

—Padre, la historia no es tal cual como usted la ha entendido pero tiene razón en muchas cosas de las que dijo, si lo pienso de otra forma, Dios no me ha castigado, me ha premiado.

—Me parece bien que ahora lo entiendas.

—Entiendo que puede no ser un castigo, pero ya no soy joven, he envejecido en un abrir y cerrar de ojos, siento como si hubiera perdido la mitad de mi vida.

—¿La perdiste? Mira, has formado una empresa, seguramente puedes vivir holgadamente y tienes, según me dices, una esposa que te adora. ¿Cuántas personas pueden conseguir la mitad de lo que ahora tienes, en el doble de tu vida?

—Padre, sé que aún no ha entendido bien mi situación, pero nuevamente tiene razón, tal como iba mi vida, quizás yo nunca hubiera conseguido lo que ahora tengo. Sin embargo me agobia toda esa gente que ahora me rodea, aunque sé quienes son, no los siento allegados a mí, me siento extraño incluso con quien se supone que es mi esposa, ella es la esposa de otra persona y sólo cree que yo soy su esposo porque estoy metido en este cuerpo.

–¿Entonces te hacen falta las personas que frecuentabas antes de suicidarte?

–La verdad es que no, pero la gente que ahora me rodea espera que me comporte de manera muy diferente a la que yo era antes. Tener que actuar como ellos esperan no será nada fácil, seguramente, pronto, todos notarán que yo no soy ese quien quieren que sea y se darán cuenta que soy un farsante. Quisiera que Dios me perdonara por lo que hice y me sacara ya de este lío.

–Si Dios hiciera todo por uno entonces seriamos totalmente dependientes, él actúa de manera sutil y misteriosa, a veces tan sutil que creemos que nunca hace nada por nosotros, pero siempre está presente en todos nuestros momentos, es nuestro mejor amigo, es nuestro admirador, es nuestro público y mejor crítico de la película de nuestras vidas, ya que es el único que ha visto, completos, todos los capítulos y por tal razón es que si, de vez en cuando, crees que él te está poniendo en una situación dura, nunca será por castigo sino porque él sabe que lo puedes hacer mejor.

"Piensa en esto, seguramente es cierto que no todas las personas que te rodeaban antes eran malas compañías, pero ¿cuánto aportaban a tu crecimiento personal? Si en un momento de la vida tú lograste conseguir una buena esposa, formar una empresa y conseguir dinero, seguramente la gente que te rodeaba en ese momento era diferente a la que te comenzó a rodear cuando te sumergiste en las drogas, lo que tienes que recordar es cómo era ese hombre exitoso que fuiste y volver a ser como él era. Dejar a un lado los vicios y malos hábitos, seguramente será difícil, pero las cosas que tienen valor son difíciles de conseguir y es por eso que pocos las consiguen y logran mantenerlas. Tú, en algún momento lo hiciste, tienes que volver a hacerlo y luchar por mantenerlas. Dios no te está castigando, te está dando una segunda oportunidad".

–Sí, Padre, le estoy entiendo pero es usted quien no ha entendido bien, yo realmente no soy ese hombre exitoso, soy...

–Qué pena interrumpirte, pero tú lo hiciste primero, aún no he terminado el sermón y recuerda que te estás confesando. Deja de subestimarte, Dios te ha dado la oportunidad de abandonar las drogas, de volver a retomar las riendas de tu hogar y tu negocio, así que lo primero que debes hacer es rodearte de gente que le aporten a esa meta. Los que no aportan, no necesariamente son malas personas, pero como no aportan nada positivo, no son las ideales para tener al lado. Si te rodeas de gente viciosa, pues seguramente te harás vicioso, aunque ellos directamente no te estén forzando a hacerlo; si te rodeas de gente con pocas expectativas, seguramente a ti te darán pocas ganas de crecer más, por eso uno tiene que cuestionarse a todo momento sobre el tipo de influencia que las personas que nos rodean generan en cada uno de nosotros, y hay que buscar relacionarse con las personas que quieren crecer cada día más, así uno se contagiará del mismo deseo.

"El regalo más grande que Dios nos dio es el de la vida, pero el segundo regalo es que no nos dejó solos sino que hizo más vida, creó otras personas para que nos relacionáramos. Nadie, aunque fuera inmortal y viviera la misma cantidad de tiempo que la suma de todos los años que ha vivido cada ser humano, hubiera logrado por sí solo, inventar y crear tantas cosas como la humanidad ha hecho, así que el regalo de podernos relacionar con otras personas no lo podemos tirar a la basura, es absurdo aislarse y vivir en soledad. Las relaciones son difíciles pero también son parte del encanto de la vida. En los momentos difíciles o en el lecho de muerte, un ser exitoso se reconoce porque seguramente estará acompañado de muchas personas que lo estiman, el tener sólo riquezas no significa ser exitoso, el dinero puede incluso heredarse o ganarse en una lotería, pero aquel que está solo nunca es realmente exitoso, ¿me vas entiendo?".

Tom se tardó unos segundos para responder, aunque sabía que el Padre no estaba entendiendo exactamente lo que le sucedía, todo lo que él decía se evidenciaba en su vida, él siempre había vivido aislado, nunca había buscado conseguir amistades que le aportaran algo y nunca se había esforzado por salir de la drogadicción. En cambio, analizando el pasado del sujeto del cual ahora controlaba su cuerpo, se daba cuenta que ese hombre había sido totalmente diferente de él y por eso había logrado ser exitoso y conseguido todo lo que tenía por sí mismo. No heredó ni le regalaron nada, incluso había tenido problemas muy graves, como la muerte de una novia que amaba, una lesión que lo había alejado del deporte que lo apasionaba y hasta la muerte de un hijo, pero aún así él había seguido trabajando por su futuro logrando conseguir muchas cosas.

–Sí, Padre, le voy entiendo pero, ¿cómo hacer para encontrar a esas personas exitosas y hacer que ellas me permitan entrar en su mundo?

Para no seguir interrumpiéndolo, digamos que usted ya entendió la historia y es como usted cree que es, entonces ¿cómo hacer para retener esas amistades, sabiendo que yo ya no soy el que ellos conocieron?

–Eso es fácil y difícil a la vez. Es fácil porque realmente no tienes que esforzarte en nada para buscar esas personas exitosas, ellas llegarán a ti, lo difícil es que para que ellas lleguen a ti, tú tienes que trabajar mucho en ti mismo. Si quieres que gente educada te rodee, tienes que comenzar por ser educado tú mismo, si quieres que personas trabajadoras te rodeen, tienes que empezar a trabajar, si quieres amistades cultas, tienes que empezar a estudiar, si quieres amigos sanos y deportistas, pues comienza a hacer deporte. Debes comenzar a tallarte con todos los valores que quieres encontrar en las personas que esperas que te rodeen, una vez que eso pase, te aseguro que no tendrás que buscarlos, ellos aparecerán.

Tom pensó en su vida pasada y se dio cuenta que efectivamente, los pocos amigos que había tenido, al igual que él, también tenían problemas de drogas, falta de dinero, pocos deseos de superación y demasiados conflictos y él no los había buscado, simplemente habían aparecido en su vida, por una u otra circunstancia diferente.

–Hijo, ¿te perdiste? ¿Sigues prestándome atención?

–Sí, Padre, por favor continúe, lo que sucede es que usted me está haciendo reflexionar acerca de muchas cosas.

–Ese es el objetivo. Como te iba diciendo, tienes que cultivar las buenas relaciones y una vez que las consigas debes motivar su crecimiento. Por ejemplo: háblame de tu esposa, tu pareja puede llegar a ser la persona que más aporte para tu vida.

–Padre, es que, como le he dicho, sé quien es ella, pero a la vez, es una extraña para mi.

—Bueno, seguramente porque te has distanciado tanto de la relación que ya son dos desconocidos viviendo juntos. En este momento lo que debes hacer es...

—Padre, es que usted sigue sin entenderme, lo que quiero decirle...

—Hijo, ya te dije que no me interrumpas. Por si no lo recuerdas, esto es un sermón, no un debate entre tú y yo, tú eres el que quiso quitarte la vida y viniste acá a pedir perdón por ello, así que limítate a escuchar y a reflexionar y sólo responde cuando yo te pregunte algo.

—Sí, señor.

—Acá va la primera pregunta: Esa mujer que es tu esposa y que ahora ves como una extraña, ¿aún te gusta?

—¿Gustarme?, bueno, es una mujer un poco mayor pero, ahora que lo pienso, es un ser encantador, aún es hermosa y atractiva, cualquier hombre moriría por ella. Es elegante, refinada, culta, sería, una esposa que ha querido a su esposo toda la vida, lo ha cuidado y lo ha seguido desde su juventud, es cariñosa, es fiel, es... , es todo lo que un hombre quisiera tener, uno de esos seres que sólo pocos hombres logran conseguir.

—¿Escuchaste lo que dijiste?: "uno de esos seres que sólo pocos hombres logran conseguir". ¿No te das cuenta que tú eres uno de esos pocos hombres?... Hijo, cuál es tu nombre.

—Tom... Digo Brian... bueno, realmente Tom, pero...

—Está bien, no importa, Tom Brian, lo que quiero que comprendas es que tú eres ese hombre, tú eres un hombre exitoso, tú eres el que ha conseguido todo lo que tienes. Si la droga y las malas amistades te han alejado del éxito, pues es hora de que recuerdes que no eres un perdedor, eres un hombre exitoso que sólo ha perdido su camino, así que, como hombre exitoso que eres, debes volver a encontrarlo. Dios te está dando la oportunidad de hacerlo, seguramente te lo has ganado, y aunque no sea así, como te dije anteriormente, Dios actúa de formas misteriosas, no es importante el comprender porqué te ha dado esta oportunidad de cambio, lo importante es lo que vayas a hacer con ella. En resumen, tu esposa sí te gusta. Ahora bien, ¿estás enamorado de ella?

–Padre, como le dije, somos dos extraños, incluso antes de este cambio, al revisar los recuerdos de este hombre que ahora soy, ya había un distanciamiento entre él y su esposa, y no tenía nada que ver con vicios o malas amistades, sólo falta de entendimiento, falta de comunicación.

–Tom Brian, sí que eres un hombre excéntrico a la hora de expresarte y hablar sobre ti mismo, pero nuevamente creo entender lo que dices. No solamente los han alejado tus malos hábitos sino que desde antes ya tenían problemas.

–Padre, me rindo, no voy a discutir más con usted sobre si está entendiendo mi problema o no, de igual forma me está dando un muy buen sermón, así que digamos que sí, es así. De todos modos ya me estoy dando cuenta que lo que yo creía complejo de mi historia no es lo realmente importante, sino todo lo demás.

–Bueno, entre todas esas cosas extrañas que dices, logro entender un poco lo que estás pensando, así que prosigo: si ustedes tenían problemas desde antes, pero aún la amas y aún crees que es una mujer que vale la pena, debes luchar por reconquistarla, recuerda que las cosas no sólo son difíciles de conseguir sino, más aún, difíciles de mantener. Las cosas buenas cuestan y por eso sólo pocas personas las consiguen. Esa es una de las cosas lindas de la vida, si todo lo bueno se consiguiera fácil, no lo disfrutaríamos ni valoráramos como se debe.

–¿Y cómo se conquista una mujer con tanta clase? No tengo la menor idea.

–Comienza por recordar las cosas que los unieron inicialmente, seguramente eran detalles sencillos pero especiales, vuelve a ser creativo, llena la relación de novedades, no pienses sólo en lo que esperas de ella, analiza qué puede ella estar esperando de ti. Si la quieres, cambia primero tú, no esperes a que ella lo haga primero. Es, además, el gesto propio de un hombre amoroso y caballero, también ocúpate de que ella note que estás cambiando por ella, esto último será el gesto de un hombre inteligente.

–Permítame decirle que usted es un cura bien diferente a todos los que he conocido y esta confesión ha sido la más extraña de mi vida.

–Bueno, en esta profesión se escuchan muchas historias y se aprende de mucha gente diferente. Además no siempre fui sacerdote. De joven, estuve casado por varios años hasta que mi esposa falleció después de luchar durante mucho tiempo contra una enfermedad. Aunque fue doloroso, eso me ayudó a comprender muchas cosas, a saber: que la vida es sólo un pequeño momento, para algunos dura un poco más, para otros un poco menos, pero al final, es sólo un pequeño momento ante lo que es la eternidad y es por eso que hay que aprovechar cada día; será muy triste llegar al momento de nuestra muerte y saber que no conseguimos al menos unas cuantas cosas de todo aquello que soñamos tener, pues no importan nuestras creencias o nuestra fe, lo cierto es que el final de nuestras vidas llegará en algún momento. Incluso conocemos el intervalo de tiempo. Por ejemplo, para nosotros dos que tenemos alrededor de cincuenta años, ese momento llegará antes de que pase nuevamente esa misma cantidad de tiempo. Cada día es un tesoro que podemos malgastar o invertir, pero lo malgastes o lo inviertas, cada día que pasa es un día menos que se tiene y esa es una verdad invariable.

"En cuanto a las relaciones de pareja, también sé que conocer a alguien especial no es lo realmente difícil, existen muchas personas especiales. De hecho, ciertamente todas lo son, lo difícil es conocer alguien que te llene, te atraiga y que a la vez, tu generes lo mismo en esa persona. Por eso, son afortunados todos aquellos que, al menos una vez en su vida, han logrado conocer a una persona que le ha dividido en dos la historia de su vida y son más afortunados aún los que logran conseguir que la segunda mitad sea mejor que la primera".

–Padre, tiene usted toda la razón.

–Sé que la tengo. Ahora, Tom Brian, es el momento de ponerte una penitencia por tus pecados, los que no sólo han sido que te intentaste quitar la vida, o sea que por un momento pensaste botar el regalo más grande que Dios nos da, sino que has desperdiciado muchos días. Así que tu penitencia será que, a partir de hoy mismo, deberás luchar incansablemente por recuperar, preservar y hacer crecer los tres tesoros que en este momento tienes, pero que están pendiendo de un hilo.

–No entiendo.

–No entiendes porque me estás interrumpiendo a todo momento y no me dejas expresar las ideas por completo, al punto que parece que aún fueras un muchacho. Recuerda que ya no lo eres.

–Sí, señor, ya me quedo callado.

–Esos tres tesoros son: Tu esposa, la gente que te rodea y el tiempo disponible que tienes por delante. A tu esposa debes reconquistarla, a tus amigos debes evaluarlos y analizar cuáles de ellos son los que verdaderamente debes tener a tu lado y con ellos debes fortalecer los lazos; el tiempo que te queda, debes aprovecharlo sabiamente, debes trabajar en ti mismo para mejorar en todo lo que quieres ser, sabes que esa es la manera por la cual la vida te comenzará a compensar rodeándote de más personas valiosas y es la única forma de alcanzar el verdadero éxito.

"Y recuerda: éxito no es solamente dinero, eso ayuda a ser exitoso, pero no lo es por sí solo. Un ser exitoso es quien logra ser feliz la gran mayoría de sus días y le da felicidad a quienes lo rodean".

–Ajá, ¿esa es mi penitencia?

–¡Oh! ¿Te parece muy fácil de cumplir?

–No, de hecho me parece muy difícil de cumplir, pero no es una penitencia común. Quiero decir que no me esperaba ese tipo de respuesta, es más, no me esperaba esta clase de confesión. Yo sé que usted no ha entendido exactamente lo que me sucede, pero todo lo que hoy me ha dicho, ha cambiado mi manera de ver el problema en el que estoy.

–No es un problema, es un reto. Cambia la palabra y así cambiarás la forma de afrontarlo.

–Una vez más, muchas gracias, Padre.

–Hasta pronto hijo, y no dejes de visitar la casa de Dios.

–Sí, señor, así lo haré. Hasta pronto.

–¡Tom Brian!

–¿Sí, Padre?

–Y reza un Padrenuestro antes de irte... Mejor aún, reza un Padrenuestro y un Avemaría, a ver si la Virgen te ayuda con tu locura de hablar tan extraño. No dejes de hacerlo con frecuencia, reza, agradece por todo lo bueno que has recibido en la vida, por cada día que te permiten vivir de más y por todo lo que te han perdonado. Pide por la salud y abundancia de tus seres queridos y pídele a Dios que siempre te acompañe en todas tus alegrías y dificultades. Él siempre lo hace, pero de seguro le debe gustar escuchar que uno lo desea y se lo agradece.

–Así lo haré padre. Hasta luego.

–Ve con Dios...

Antes de salir de la capilla, Tom se sentó nuevamente en uno de los bancos y se puso a rezar. Brian, que aún seguía oculto en el lado opuesto del confesionario, también tomó como propia la penitencia que el padre había impuesto y también rezó. Tom salió de la capilla e inmediatamente tomó un taxi, Brian esperó a que él saliera e hizo lo mismo, pero por querer seguir ocultándose por poco pierde de vista el vehículo en que Tom se había montado. Una vez pasado el susto, su siguiente pensamiento se dirigió a sus finanzas, pues en sólo un día ya había gastado mucho dinero pagando taxis, corriendo detrás de Tom, y en esta nueva vida, el dinero no era algo que le sobrara, lo que al principio le causó preocupación pero luego le dibujó una sonrisa burlona. Se reía de sí mismo pues, como todo en sus últimos tres meses, la situación de ese momento era un capítulo más de la trágica comedia que estaba viviendo.

Aquí me encuentro yo, un hombre supuestamente exitoso en los negocios, metido en el cuerpo de un joven pobre y drogadicto, siguiendo a escondidas mi propio cuerpo, en un taxi que a miles lidias tengo como pagar –pensó.

Tom se dirigió rumbo a la estación de trenes y Brian lo siguió sin ser visto. Una vez allí, Tom compró un ticket de regreso, Brian lo supo por el número de cabina en que hizo la compra. Luego de que él se alejara, Brian se acercó a la cabina para preguntar el horario de salida del siguiente tren y se enteró que partiría en dos horas. Quería comprar un ticket para seguirlo pero no tenía el dinero suficiente para hacerlo. Mientras contaba lo poco que le quedaba en sus bolsillos, no se percató para dónde se había ido Tom. Luego de buscarlo unos minutos por la estación pensó que era un error lo que estaba haciendo pues quizás él lo vería primero, así que concluyó que lo mejor sería buscar la manera de cómo conseguir el dinero para comprar el boleto e irse lo más oculto posible en el tren hasta llegar a su destino. Entonces ya no tendría porqué seguirlo, pues sabía que se dirigiría directamente hasta su casa.

¿Pero como haré para conseguir el dinero suficiente para ir y regresar? –pensó.

En ese momento, sonó su teléfono celular.

–¡Aló! –era la voz de Ángela.

–Hola Ángela, ¿cómo estás?

–Hola lindo, ¿Adónde estás? Te llamé a la galería y Don Manuel me dijo que habías salido desde mediodía.

–Estoy en la estación de trenes y necesito que me hagas un gran favor.

–¿En la estación de trenes? ¿Y qué haces ahí?

–Necesito que, si te es posible, vengas hasta acá y cuando llegues te explicaré lo que sucede.

–No me asustes, ¿pasó algo malo?

–No sé si malo o bueno, pero pasó algo y tengo que hacer un viaje de emergencia. ¿Es posible que logres llegar antes de dos horas?

–Sí, voy en camino.

–Nos vemos en la entrada que está en frente del parqueadero público, ahí te quedará más fácil estacionar.

–De acuerdo, nos vemos en una hora.

Una hora más tarde, la vio llegar.

–Hola Ángela, gracias por haber venido –le dijo, cuando estuvo frente a él–, en este momento de mi vida, parece ser que sólo te tengo a ti.

–No tienes que disculparte, sabes que puedes contar conmigo, pero si me llamaste y deseas que te ayude, quiero que me digas la verdad, no importa cuál sea, sólo dime la verdad y no me digas que no la entendería.

–Está bien, lo haré. La verdad es la siguiente: Aunque nací aquí, hacía muchos años que había dejado la ciudad y regresé a penas hace unos meses, justo un día antes del accidente que me llevó al hospital en donde te conocí. Ahora debo volver urgentemente a la ciudad donde vivía para poder darle fin a un tema de suprema relevancia para mi vida. Esa es la verdad y me da una pena terrible pedirte el favor que me prestes algo de dinero para ir y volver ya que no esperaba que tuviera que hacer este viaje de forma tan inesperada, pero no tengo a nadie más a quien recurrir sin que tenga que contestar mil preguntas.

–Como siempre, no dijiste nada concreto y además dejas claro que no quieres que te haga más preguntas, pero aún así, esa pequeña confesión es un gran avance, me alegra que comiences a confiar en mí, así que si necesitas mi ayuda, voy a prestártela, pero no de la forma que piensas, si deseas, yo te acompaño y nos vamos juntos en mi carro.

–Pero... Ángela, no quiero que pierdas un día de trabajo por mi culpa, ya va a ser complicado para mí volver a convencer a Don Manuel que me permita faltar mañana a trabajar.

–Mañana es sábado y tengo el día libre, además no voy a seguir saliendo con alguien que no conozco, así que si quieres que sigamos como íbamos, vas tener que dejar que te acompañe.

Ante la falta de otra opción, Brian aceptó la propuesta de Ángela. Aunque no volvió a ver a Tom, supuso que estaría cenando o caminando por la Terminal, haciendo tiempo antes que partiera el tren, lo cual no le preocupaba pues sabía que, en definitiva, tarde o temprano, se encontrarían en su casa.

Brian y Ángela partieron juntos a su destino. En el camino, él llamó a su jefe y le explicó que tenía un asunto familiar que resolver y por tal razón no podría atender la galería. Don Manuel no lo tomó muy bien. Le contestó que, aunque era un buen trabajador, sus necesidades de permisos inesperados estaban perturbando su labor y que esperaba que sucesos como estos no se volvieran repetitivos, aunque finalmente aceptó.

En el camino, Ángela comenzó a hacer muchas preguntas sobre el pasado de su acompañante a lo que Brian intentaba siempre contestar con una verdad parcial, intentando que las fechas y sucesos coincidieran con la edad y vida de Tom. Aún así, procuraba que en el fondo cada respuesta fuera verdadera para que así ella lograra conocer su personalidad, igualmente él le hizo varias preguntas a Ángela acerca de sus anhelos y expectativas para el futuro, notando que, aunque tenían vidas bastante diferentes, coincidían mucho en la forma de afrontar sus vivencias. También notó lo mucho que se reían cada vez que estaban juntos, todo le parecía más divertido y menos complejo, lo cual sólo recordaba haberlo vivido cuando era joven y estaba de novio de Samanta. Aquello, sumado a su actual rejuvenecimiento forzado y la juventud de su acompañante, le recordó una frase que había escuchado alguna vez y que decía: "No se deja de jugar cuando se envejece, se envejece cuando se deja de jugar".

Se daba cuenta que no sólo volvía a sentirse joven por estar ocupando un cuerpo que realmente lo era, sino porque Ángela lograba que él tomara todo aquello que le estaba sucediendo de forma más serena. Era extraño cómo una chica menor que él lo tranquilizaba y aconsejaba, cuando lo que indica la tradición es que los mayores, debido a su experiencia, son los que pueden lograr eso en los jóvenes.

Ambos se turnaron para conducir y así pudieron llegar al amanecer.

Una vez en la ciudad, Brian se dirigió de inmediato a su casa, pues sabía que a Tom le faltaban al menos unas dos horas de viaje. Desde su arribo a la ciudad, su estado de ánimo cambió completamente. Sus nervios hicieron que dejara de hablar, excepto para lo estrictamente necesario, su cara denotaba tanta preocupación que Ángela entendió que algo muy serio rondaba por su cabeza, por lo que decidió no hacer más preguntas y sólo dedicarse a ser un apoyo en caso que él lo necesitase.

Una vez en frente de la casa, Brian se quedó unos segundos observando la entrada.

Ángela no quería interrumpirlo pero en silencio, se preguntaba si quizás ese era su antiguo hogar. De serlo, dada la belleza, tamaño y lujo de la residencia, le despertaba otro interrogante: si antes vivía en esa casa, ¿por qué ahora vivía tan humildemente y en otra ciudad tan distante?

Finalmente Brian tomó valor y decidió que era hora de hablar con Laura, contarle todo lo que estaba pasando antes que fuera Tom el que se lo dijera cuando llegara. En ese momento volvió a sentirse culpable por estar pretendiendo enamorar a una joven a la que –aunque en ese momento físicamente no lo pareciera–, le doblaba en edad. Pensó que había sido muy mala idea aceptar que ella lo acompañara pero ya que estaba allí, entonces había decidido que era el momento justo para dejar de mentirle a ella también. Quizás alguna de ellas o ambas, se iban a morir de pánico al escuchar la verdad o quizás no iban a creerlo. Pero haber vivido más de tres meses en esa mentira ya lo tenía cansado así que su idea era entrar a la casa y hablar con Laura y luego hablaría con Ángela y le diría que debía volver sola a su ciudad pues el era el real esposo de Laura y su relación no podía seguir. Se dio cuenta en ese momento, que alejarse de Ángela le preocupaba tanto como dejar a Laura, por lo que supo que definitivamente estaba sintiendo algo muy fuerte por aquella joven, sin embargo afrontaba que esa relación no podía continuar.

–Ángela voy a entrar a esa casa. Por favor, espérame a que salga y cuando lo haga te aseguro que te contaré mi verdadera historia.

–Está bien, acepto.

Brian reposó por unos instantes su cabeza sobre el volante, luego levantó su mirada, movió el espejo retrovisor y se miró el rostro fijamente, respiró profundo, exhaló completamente el aire de sus pulmones y abrió la puerta del coche.

Mientras ponía un pie sobre el asfalto, un taxi se acercó al portón de la entrada. Desde donde estaba parqueado el auto, Brian podía ver directamente el pasajero que llevaba. Al ver quién era, su rostro expresó tanta sorpresa que Ángela lo notó de inmediato he hizo que ella también dirigiera su mirada hacia aquel pasajero.

No puedo entender como hizo Tom para llegar tan rápido, yo suponía que habíamos llegado por lo menos con una hora de anticipación –pensó Brian.

La súbita llegada de Tom cambiaba todo el plan de Brian, ya que el taxi había cruzado el portón exterior así que en menos de un minuto Tom estaría junto a Laura.

Mientras pensaba su paso a seguir, Ángela hablo:

–Estamos en la puerta de la casa del señor Brian, el paciente que se accidentó el mismo día que intentaste suicidarte ¿y aún así quieres que siga creyendo que solamente son amigos y que lo habías conocido esa misma noche?

–Primero, nunca he intentado suicidarme, no es así como soluciono mis problemas. Usualmente los afronto, como en esta ocasión, estoy aquí para afrontar un problema, te aseguro que más adelante te contaré todo, pero por ahora, por favor espérame en el auto.

–Está bien, voy a esperar, pero si me dejas más de diez minutos acá, me voy a ir y te dejaré solo.

–Está bien, lo acepto.

Brian salió del auto y pasó corriendo la calle pero no se dirigió al portón de entrada. Siguió hasta el final de la reja exterior, trepó por un árbol que había en la calle y desde allí saltó hacia el interior de la propiedad.

Ángela no podía creer lo que estaba viendo, Tom estaba invadiendo una propiedad privada, lo cual era un delito y ella estaba siendo su cómplice. Pensó en irse de inmediato pero su curiosidad no se lo permitió. Además su sentimiento hacia aquel joven estaba creciendo y, aunque parecía lo contrario, algo en su interior le decía que él no iba a hacer nada malo

¿Qué tipo de relación tendrá Tom con esta familia? –Pensaba Ángela–. *El señor Brian y Tom llegaron al hospital el mismo día y, según creo, ya se conocían desde antes, pero aún así llegaron separados y por circunstancias diferentes. Recuerdo que Tom visitaba todos los días al señor Brian y parecía realmente preocupado por su estado de salud y recuerdo haber revisado y comprobado que ambos tienen el mismo tipo de sangre, lo que me hace pensar que pueden ser familiares, ya que el señor Brian también nació en mi ciudad. Pero de serlo, la esposa no lo sabe, o por lo menos, no lo sabía cuando estaba en la clínica* –concluyó–. *Pues hoy mismo Tom tendrá que explicarme todo si verdaderamente desea estar conmigo.*

Unos veinte minutos después Brian salió de la casa. Del mismo modo que lo hizo al entrar, trepando por un costado de la reja. Ángela, mientras lo veía acercarse al vehículo, comenzó a pensar en todas las preguntas que le iba a hacer una vez que se montará en el auto. Como ella ya se había trasladado al asiento del conductor, quiso pasarse al del pasajero pero Brian se acercó a la ventana y le habló con un tono muy suave.

–Disculpa, ¿puedes conducir tú?

–Claro que sí, ¿adónde vamos ahora?

–No sé, sólo vayámonos de aquí. Si quieres regresemos de una vez, así llegaremos a medio día y podrás descansar de este viaje.

–¿Quieres que paremos a desayunar?

–Si tú quieres, por mí está bien, sólo quiero que nos vayamos ya mismo de acá.

Ángela quería comenzar a formular todas aquellas preguntas que había pensado hacerle, pero la mirada de Tom se perdía del otro lado de la ventanilla y su rostro reflejaba tal tristeza y melancolía y lo hacía ver tan vulnerable y abatido, que ella prefirió callar.

Capítulo 12

Seguir adelante

Desde un árbol, Brian había saltado e ingresado al interior de su propiedad, ya que conocía cada centímetro del lugar pudo escabullirse sin ser visto por alguien o detectado por alguna cámara de seguridad, hasta llegar a un punto donde podía ver desde cerca el portón principal de la casa. Mientras se acercaba, vio como Tom bajaba del taxi y caminaba hacia la puerta en donde estaba ya esperando Laura, observó como Tom quiso comenzar a hablar pero Laura no lo dejó, abrazándolo fuertemente. Después de aquella gran demostración de afecto, Tom se separó suavemente de Laura y cuando fue ella quien quiso hablar, él colocó rápidamente su dedo índice derecho sobre los labios de Laura y con su mano izquierda le indicó que esperara.

El taxi esperaba, pero Tom no le prestó atención y sacó un regalo para ella. Era un pequeño perro, casi recién nacido, con un moño rojo amarrado a su cuello, cuyo tamaño era más grande que la misma cabeza del cachorro, lo que hacía que este se viera, además de tierno, bastante gracioso.

Los ojos de Laura se abrieron tan grandes que Brian a lo lejos pudo observar la expresión de sorpresa y alegría que ella tenía, recordando que, quizás, la última vez que le había visto esa expresión había sido muchos años atrás, cuando por primera vez había cargado a Joseph en sus brazos.

Laura corrió hacia Tom y cogió a la pequeña mascota en sus brazos, la miró, mostrando una enorme sonrisa en su cara y luego se volteó a abrazar nuevamente a quien creía su esposo.

Al abrazo lo siguió un efusivo beso que sorprendió tanto a Tom como a Brian, quedando ambos perplejos y paralizados momentáneamente. Finalmente Laura tomó al cachorro con una de sus manos y con la otra tomó la mano de Tom e hizo que este la siguiera adentro de la casa. Antes de cerrarse la puerta de la casa, una mujer del servicio salió y se acercó al taxista para pagarle la carrera, luego de eso, la mujer entró y cerró el portón.

Brian se obligó a salir del shock en el que había quedado por ver a su mujer besándose con alguien que no era él... aunque si lo fuera.

Corrió hacia la casa y se situó cerca de la ventana que daba justo a la sala en donde estaban Tom y Laura viendo cómo corría el pequeño animal, reconociendo su nuevo hogar. Desde allí Brian podía escuchar claramente la conversación sin ser visto.

–¡Qué hermoso regalo! Es la sorpresa más linda que me has dado en años. ¿Cómo se te ocurrió?

–No sé, sólo estuve pensando en los últimos años que han vivido... quiero decir, que *hemos* vivido, y me di cuenta que te ha tocado estar mucho tiempo sola y en parte ha sido porque desde la muerte de Joseph, tú y tu esposo... o sea yo (*¡Qué imbécil debo estar pareciendo!*)... hemos afrontado esa situación de manera diferente y eso nos ha distanciado. Así que, como no sé si ese distanciamiento será ya para siempre, entonces pensé que al menos "Rocco", te serviría de compañía. Además, supuse que te gustaría porque es de la misma raza que "Nieve", la mascota que tenían en tu casa cuando eras niña.

—¿Se llama "Rocco"?

—Sí.

—Un momento, ¿Y cómo sabias lo de mi mascota?

—Sólo sé que hace muchos años, cuando recién se estaban... nos estábamos conociendo (*¡Otra vez me equivoqué! ¡Pero qué tonto soy!*) tú me mostraste un álbum de fotos tuyas cuando eras niña y me acordé que en una de esas fotos aparecías abrazando a una hermosa mascota y cuando pregunté su nombre, me dijiste que se llamaba "Nieve" y que había fallecido un par de años atrás.

—¿Cómo? Me sorprendes, yo ni me acuerdo de ese día, no sabía que eras tan detallista. Después de tantos años, es increíble que te acordaras.

—A decir verdad, primero me acordé de la cara de nostalgia que pusiste ese día mientras me mostrabas la foto e imaginé que te gustaría volver a tener un cachorro parecido.

—No puedo creer lo que estoy escuchando, ¿te acuerdas de una cara que hice hace más de veinte años? De verdad que me halagas, no sabía que te fijabas en esas cosas.

—Recuerdo que le... que me pareciste muy linda ese día, más linda que de costumbre y también recuerdo que mientras te miraba, le agradeció a Dios que te hubiera puesto en su camino. La verdad, ese fue el primer día en que Brian... o sea yo, obviamente (*¡Por Dios, qué tonto! ¡Me estoy equivocando otra vez!*), pensé cómo sería la vida contigo al lado.

Al escuchar la respuesta de su esposo, Laura se lanzó sobre él, dándole un beso, con tanta emotividad que sólo recordaba haberlo hecho igual el mismo día que se habían casado.

Brian, miraba desde la ventana como Laura besaba a quien creía que era su esposo. Él también había escuchado la respuesta de Tom y se sorprendía de lo que él había podido recordar de su propia vida, dado que ni siquiera se acordaba previamente de ese momento, hasta que Tom hizo que se acordara mientras contaba la historia y aún así, aunque si tenía presente el nombre de la mascota, no recordaba con mucha claridad, ni la foto ni el momento.

¿Cómo había podido Tom recordar algo de mi propia vida, mejor que yo mismo? –Se preguntaba Brian sin encontrar la respuesta.

Mientras los veía abrazados, Brian pensó acerca de lo que estaba sucediendo.

Lo que yo no pude hacer en tres años, Tom lo ha logrado en tan solo un minuto –pensaba Brian–. *Es increíble lo sencillo e ingenioso del regalo. La verdad es que quizás a mí no se me hubiera ocurrido nunca. Qué tonto soy, ella nunca se alejó de mí, fui yo el que me alejé de ella. No puedo creer lo fácil que hubiera sido solucionar nuestros problemas. Por una tontería nos fuimos alejando y, lo peor, es que yo mismo imaginaba que ese tiempo había levantado un muro infranqueable entre nosotros, cuando en realidad lo que había era un simple velo que sólo requería la mera intención de quitarlo para que desapareciera. Cuántas parejas se alejan por discusiones estúpidas y pasan años o hasta el resto de la vida, esperando que el otro tome la decisión de hablar primero, prefiriendo vivir todos los días sin ver o hablar con la otra persona, por el simple hecho de no dar su brazo a torcer y dar el primer paso. Qué tontos somos los humanos, y qué tonto he sido yo.*

Después de un largo silencio, la conversación entre Laura y Tom había continuado así:

–Laura, creo que debo contarte algo que me está pasando –dijo Brian–, pero no sé cómo empezar y no sé qué vayas a pensar después de que lo sepas.

–Brian, antes que digas algo, sé que debes estar pasando por un momento muy difícil, casi mueres en un accidente, estuviste más de tres meses en coma y por cómo has actuado en los últimos días, sé que muchas cosas deben estar pasando por tu cabeza. En estos meses he leído un poco sobre historias de personas que también estuvieron en coma durante mucho tiempo y luego despertaron y sé que pueden pasar muchas cosas, desde pérdida de memoria hasta cambios en varios aspectos de la personalidad, por eso me he venido preparando para soportarlo. Para mí, lo importante era que despertaras y que al hacerlo, por lo menos no me hubieras olvidado, lo demás no me importa.

–Tú lo has dicho, ahora no soy quien conocías antes del accidente, soy alguien totalmente diferente, solamente que tiene el mismo cuerpo y los recuerdos de todo lo que había vivido esa persona.

–No me asusta lo que me dices. Sólo me asusta que ya no quieras más estar conmigo.

–Laura, usted es una mujer maravillosa, tan elegante, tan atenta, tan buena esposa y buena madre, con tanto amor para dar y con tantos deseos de cuidar a su esposo a todo momento, que cualquier persona estaría feliz de tenerla a su lado.

–Es raro escuchar que me hables de una manera tan formal, pareciera que recién nos acabáramos de conocer, pero puedes seguir haciéndolo, si me sigues diciendo cosas lindas, hace mucho que no lo hacías. No sabes lo que he sufrido en estos tres meses, pensando todos los días que quizás ese era el último que estarías con vida.

Nuevamente ambos se abrazaron.

Laura se quedó mirando fijamente el rostro de su esposo y continuó diciendo:

–Verdaderamente pareces otra persona, hasta noto diferente tu forma de hablar, pero lo importante es que estás de nuevo a mi lado. Entremos a la casa y desayunemos juntos.

–Claro que sí, me dio pena decirlo, pero me estoy muriendo del hambre.

–¿Y por qué pena? ¿Cómo te va a dar pena pedir algo de comer en tu propia casa?

–Tienes razón, perdona de antemano cualquier cosa extraña que haga o diga en los próximos días, parece que aún no he despertado bien.

–No te preocupes, como dije, lo importante es que estés con vida.

Mientras Laura y Tom se sentaban a desayunar, Brian se quedó perplejo, recostado contra un muro exterior de la casa, viendo cómo ellos dos se alejaban de la sala. Al ver que ya no era el momento propicio para aparecer, quedó completamente desarmado y decidió regresar al coche donde Ángela lo espera.

Una vez llegó al carro, comenzó a reflexionar:

¿Qué puedo hacer ahora? En sólo cinco minutos, Tom logró hacer lo que yo no he podido en los últimos tres años, a logrado hacer sonreír a Laura e hizo que ella lo abrasara y besara, con las mismas ganas que lo hacía cuando aún éramos novios y pudo tener una charla con ella sin que en la conversación saliera, ni por un instante, el tema de Joseph. Es increíble como este muchacho, en menos de veinticuatro horas, ya le ha confesado abiertamente lo que le sucede a las

únicas dos personas con las que ha hablado, al Padre de la Iglesia y a Laura, y aunque cada uno ha tomado una forma diferente de entender el problema, le han aconsejado bien y no han terminado pensando que está loco, yo llevo tres meses inventando mentiras para no decir lo que realmente me pasa, supuestamente porque la verdad era muy difícil de creer y lo que he logrado es meterme en más líos hacer que la gente que ahora me rodea, desconfíe de mí.

"¿Cuántas veces en la vida, somos nosotros mismos los que nos enredamos en los problemas que tenemos, más de lo que ya están? Siempre que intentamos tapar un problema con una mentira, lo que finalmente logramos es conseguir un segundo problema. Mientras yo no he podido estar tranquilo un solo momento después del accidente, Tom ha logrado desahogarse dos veces en menos de un día.

"¿Cómo Tom ha logrado asimilar lo que nos sucede en tan poco tiempo?, ¿Será que su juventud le ayuda a aceptar los cambios más fácilmente que a mí?

"¿Qué debo hacer ahora? Por lo que vi, Laura está más contenta con la forma de ser de este nuevo esposo que con el que tenía antes y realmente debo aceptar que si yo estuviera en su lugar, también pensaría lo mismo. Su viejo esposo no hubiera llegado con un cachorro a su casa, no hubiera recordado aquel momento romántico de hace veinticinco años, no le hubiera dicho lo linda y elegante que estaba, ni le hubiera hecho notar que la quiere reconquistar y menos aún, su viejo esposo no hubiera podido lograr hacer todo esto en menos de cinco minutos. Cuando uno deja de soñar con querer hacer algo y finalmente se decide a hacerlo, al final se da uno cuenta, que no era tan difícil cómo se pensaba, lo realmente complicado era dar el primer paso.

"¿Qué debe hacer un hombre cuando se aleja de su esposa y luego vuelve con la intensión de hablarle pero se da cuenta

que ella está ahora con alguien que la puede hacer más feliz
que uno mismo?

"¿Qué estoy pensando? Ella ni siquiera me está siendo
infiel, para Laura, esa persona que tiene al lado es su esposo, no
es otra persona, sólo Tom y yo sabemos la verdad de la historia y
a él parece no molestarle el hecho de que ha perdido veinticinco
años de su vida por estar encerrado en un cuerpo que le dobla
la edad a su mente y aun con su juventud, todo parece estarlo
tomando con mucha más serenidad que yo".

Mientras Brian pensaba en silencio, Ángela lo miraba
de reojo, conduciendo en una ciudad que apenas conocía,
con interés de entender lo que había sucedido en esa
casa y de cual era la relación de él con esa familia, sin
embargo no se atrevía a hablar ya que su mirada estaba
tan perdida a través de la ventana que el interrumpirlo
no parecía ser la mejor idea.

Finalmente, Ángela paró en un pequeño restaurante
a las afueras de la ciudad.

¿Qué quieres desayunar? –Preguntó Ángela.

–No sé, pídeme lo mismo que tu vayas a pedir.

–¿Quieres hablar?

–No realmente... Disculpa, supongo que tienes muchas preguntas para hacerme y te dije que te las respondería pero, la verdad, es que en este preciso momento no
quisiera hablar mucho de mí. ¿Te parece si lo dejamos
para después?

–Está bien, pero prométeme que hablaremos del
tema.

–Te lo prometo.

Ángela podía notar lo perturbado que Brian estaba
así que decidió no hacerle más preguntas. El resto del
viaje continuó con muy poca comunicación entre ambos,
a mitad del camino, cambiaron de puestos y Brian fue

quien terminó conduciendo hasta regresar. Una vez llegaron, condujo hasta la galería que actualmente era su hogar, se bajó del coche y Ángela se cambió de puesto sin bajarse, Brian se agachó hasta la ventana y el beso de despedida fue sólo en la mejilla, luego de ponerse de pie nuevamente, ambos se miraron por unos segundos y luego Brian habló:

–Llámame cuando llegues, ¿está bien?

–No te preocupes, llegaré bien, se cuidarme sola.

–De todas formas, llámame.

–Descansa, nos vemos por ahí.

–Descansa tu también... y gracias por la compañía.

–Chao.

Veinte minutos más tarde, Brian marcó al celular de Ángela pero ella no contestó, treinta segundos más tarde llegó un mensaje al celular de Brian que decía: *"Ya llegué a casa, que duermas bien"*

Brian entendió que era el fin de su relación con Ángela y también con Laura.

Para él, la siguiente semana transcurrió muy lentamente, asistió cumplidamente a todas sus clases y trabajó todo el tiempo extra que pudo en la galería con el fin de pagar con creces el permiso tomado la semana anterior, lo que propició que entre él y su jefe hubieran varias conversaciones que no solamente hicieron que se olvidara el incidente del permiso pedido a última hora, sino que ambos se hicieran más amigos.

En el transcurso de la semana Brian recibió tres llamadas de Laura, pero él no quiso contestar por temor a que fuera Tom, así que ella, en la última llamada sin respuesta, dejó un mensaje para él:

Hola Tom, soy Laura. Espero que te encuentres bien, supongo que andarás muy ocupado. Te cuento que Brian regresó y las cosas están comenzando a marchar mejor, me regaló un pequeño cachorro que corre por toda la casa haciendo daños y ensuciando todo con la tierra que trae en sus patas desde el jardín, pero es tan adorable y juguetón que es imposible enojarse con él. Brian ha estado supremamente atento conmigo, me ha preparado el desayuno todos los días, ahora hablamos mucho sobre lo que queremos hacer de ahora en adelante y curiosamente se está preocupando porque hagamos muchas cosas juntos, eso me ha hecho sentir como una novia colegiala. Al parecer si era cierto lo que me dijiste de que a él le gustaba el arte, ayer compró muchas pinturas y lienzos y ha comenzado a pintar, no creerías la belleza del cuadro que está haciendo, parece que el golpe en la cabeza le hizo brotar una vena artística. Aun no le he contado que tu estuviste muy pendiente de él, no sé si se acuerde de ti y sé que suena raro pero quizás tome a mal que una persona casi desconocida me estuvo visitando y aconsejando mientras él no estaba, pero sé que eres una buena persona y aunque nos conocemos poco te tengo en muy buena estima, eres un joven muy talentoso y especial, tus padres estarían orgullosos de ti. Cuando puedas, me devuelves la llamada. Nuevamente gracias por tu apoyo y sabes que puedes contar conmigo cuando lo necesites. Chao.

Igualmente Brian llamó en dos ocasiones a Ángela pero ella no le contestó, sin embargo, en ambas ocasiones le devolvió un mensaje de texto, el primero decía:

Hola Tom, disculpa no poderte contestar, estoy ocupada, te llamo luego.

Y el segundo decía casi lo mismo:

Hola, perdona nuevamente, ahora estoy ocupada, hablamos más tarde.

En ambas ocasiones, ni Brian volvió a insistir llamándola, ni Ángela devolvió la llamada.

En la mañana del siguiente viernes, Don Manuel llegó temprano a la galería, venía acompañado de su sobrino Pablo, quien tenía la misma edad que aparentaba Brian en su nuevo cuerpo. Don Manuel notó un poco de cansancio en su cara así le preguntó si se sentía bien de salud, Brian le dijo que había estado despierto toda la noche adelantando algunos trabajos de la universidad y luego se había puesto a organizar la galería y a meditar sobre unos proyectos que podrían serle de utilidad para hacer crecer el negocio, a lo que Don Manuel respondió:

—¿Así que no puedes dormir, Tom?

—Bueno, en estos momentos tengo muchas cosas en mi cabeza que no me dejan hacerlo, así que en vez de pasar la noche dando vueltas en la cama, prefiero invertirlo en cosas productivas.

—¿Y qué ideas se te han ocurrido?

—Verás, esta es una galería con mucho espacio y tenemos muchos artículos que la hacen ver llena pero que sabemos que hace tiempo están en venta y pocos de nuestros clientes se interesan por ellos, así mismo, los clientes que tenemos son fieles pero pocos y con gustos muy similares; lo que pienso es que deberíamos diversificar, ver como conseguimos cosas novedosas, de otros lugares, de otros países y hacer algunas divisiones al interior de la galería, separando los objetos por regiones y cambiando la ambientación en cada división, ¿Qué te parece?

—Bueno, primero pienso que sería muy costoso y complicado obtener objetos de diferentes lugares, además siempre he querido mantener a mis clientes aunque sean pocos, si cambio las cosas que traigo, muy seguramente no les va a gustar y buscarán otro lugar.

–No necesariamente, para nuestros clientes actuales habrá un división, conservando el mismo tipo de artículos que a ellos les gusta, sería como una tienda por departamentos en miniatura. Por ejemplo, al visitar una tienda por departamentos, si deseas comprar una herramienta para tu vehículo, te diriges a la sección de herramientas pero no te importa que hayan otros departamentos diferentes e incluso, en el camino, al pasar por alguno de ellos, puedes antojarte de cosas que no pensabas o no recordabas que necesitabas, así puedes ir pensando en comprar una herramienta y salir comprando muchas más cosas. Si diversificamos podemos conseguir más clientes he incluso lograr que los actuales se antojen de cosas nuevas.

–Pero a mi me gusta mantener un estilo determinado, no volverme una ferretería en donde se consiga de todo y no se especialice en nada.

–Don Manuel, eso está bien para algunos tipos de negocio, quien fabrica autos seguramente no puede diversificarse vendiendo también casas, pero si puede variar en los tipos de auto que vende. Esto es una galería de arte y el arte no tiene un estilo determinado, tiene muchos estilos, si no diversificamos nos quedaremos siendo una galería de "un arte" no de arte. El arte es diferente según las épocas, las regiones, la inspiración de cada artista y así mismo es el gusto de los clientes, cambiante. Si traemos lo que se está usando en otros lugares, no solamente estaríamos vendiendo, estaríamos ofreciendo moda y eso también llamaría a muchos clientes.

–Bueno, ya no me perece tan mala idea, pero ¿cómo haríamos para que la gente se entere que estamos cambiando?

–Una vez tengamos todo listo, hacemos un lanzamiento, mejor dicho un relanzamiento de la galería.

–¿Un lanzamiento? Pero si la galería ya existe hace muchos años.

–No importa, a la gente le encanta eso, incluso aunque no cambiáramos nada, dada la curiosidad del ser humano, un relanzamiento, atraería más público para que nos conozca. Piense en esto, ¿a quien no le gusta vestirse bien y salir a tomarse uno tragos en un lugar donde puede tener la oportunidad de ver y quizás conocer mucha gente elegante y sofisticada?

–¿Y cómo sabes que vendría mucha gente elegante y sofisticada?

–Lo de elegante sería casi seguro, pues ¿Quién vendría a una exposición de arte, mal vestido?

Lo de sofisticada, no importa tanto, aunque ninguna persona lo sea, todos van a creer que los que lo rodean lo son y se van a sentir felices de estar allí, eso es porque la gente se preguntará a si misma: ¿Qué tipo de personas son invitadas a un coctel en una galería de arte? Sólo a las sofisticadas, se responderán ellos mismos y te aseguro que todos se comportarán de tal manera. La apariencia y el entorno que te rodea, hacen que la gente cambie y se comporten diferente sin que haya que decirles que lo hagan.

–¡Jajaja! Te entiendo. ¿Y cómo fue que se te ocurrió todo esto?

–Digamos que ya he trabajado antes en asuntos similares. Igualmente para los artistas que queremos tener, la idea es que la galería sea tan llamativa en el futuro que al final no tengamos que buscar artistas ni comprar obras para revender, sino que ellos sean los que deseen dejar sus obras en esta galería para hacer que se exhiban y se vendan. La idea final es lograr hacer que la empresa trabaje para uno y no nosotros para ella.

–Tú hablas de esta galería como si fuera una gran compañía.

–Cualquier negocio puede llegar a ser una gran compañía, por eso hay que analizarlo con proyección, hay que antojarse de esa idea, imaginar cómo sería el negocio si ya fuera una gran empresa y comenzar a trabajar para lograrlo.

"El arte también es un negocio, esta galería puede ser un negocio tan exitoso que la gente pueda llegar a querer comprar en ella, cualquier cosa, sea bonita o fea, con tal de decir que fue comprado acá. Imagina el ejemplo de una marca famosa de autos, todos quieren comprar un Mercedes o un BMW, pocos se ponen a pensar que realmente tiene el carro por dentro, si ven la marca Mercedes o BMW, ya lo quieren tener sólo porque la marca es prestigiosa, luego de tenerlo es que se dan cuenta de lo que tiene por dentro. Asimismo, uno puede pensar que un negocio como este puede llegar a ser tan grande que la gente quiera comprar en él sólo por prestigio".

–Pero eso de que la gente quiera comprar una obra, linda o fea, sólo por el lugar donde fue comprado, sería algo triste con el arte.

–Eso ya sucede hoy en día, ¿cuántos quisieran poder colgar en su sala un cuadro de un artista famoso, sólo por el hecho de que la obra es de ese artista en particular? No importando si realmente les gusta o no el cuadro. Pueda que sea muy triste, pero esta galería es un negocio y negocios son negocios.

–A veces hablas como si tuvieras mucha experiencia en el tema, no sé si tengas razón pero al menos me estás convenciendo. Supón entonces que sí quisiera invertir en obras y arte de otros lugares del mundo, ¿Cómo sabremos donde comprar o buscar? Yo no soy un hombre tan acaudalado para estar viajando por el mundo explorando y comprando obras de arte.

–Bueno, yo he viajado un poco y sé que en todos los lugares del mundo, las obras de arte locales suelen ser muy económicas y poco apreciadas en sus propias regiones, lo que hay que buscar es contactos en los lugares donde queremos comprar y darnos a la tarea de conocer los precios locales y los costos de envíos.

–¿Como así Tom que tu has viajado un poco?, ¡Jajaja! Yo supongo que tú nunca has salido del país.

–Digo, por Internet, he viajado mucho por Internet, es que así hablamos nosotros los jóvenes cuando nos referimos al Internet, me entiende Don Manuel. –Contestó rápidamente Brian para evitar desviar el tema y no tener que explicar sus conocimientos de culturas y lugares del mundo.

–¡Ah! Internet, ya entiendo. Bueno, entonces tendremos que trabajar muy duro para lograr lo que propones.

–Tenemos que trabajar de forma inteligente, no solamente trabajando duro se consigue el éxito, si fuera así, todos los obreros del mundo fueran millonarios.

Pablo, el sobrino de Don Manuel, que hasta el momento sólo se había dedicado a escuchar la conversación entre ambos, preguntó:

–¿Y según tú, cómo se trabaja de forma inteligente?

–¿Esa es realmente la pregunta que tienes en tu mente? Dime primero que es lo que realmente deseas.

–Pues deseo tener mucho dinero.

–¿Y para qué?

–¿Como así que para qué? Pues para comprarme todo lo que siempre he querido y poder invitar a salir a las chicas que siempre he querido.

–¿Y para qué todo eso?

–Pero que pregunta más tonta, pues porque eso me haría muy feliz.

–¡Ah! Ya llegaste al punto importante. Si lo piensas, tu realmente no quieres dinero, lo que quieres es ser feliz y eso es lo que deseamos todos. El dinero no es un fin, es un medio para conseguir un fin deseado, se debe pensar así pues el dinero por sí solo no trae la felicidad, ayuda quizás a conseguir cosas que te harán feliz, pero el dinero por sí solo no suele hacer feliz a nadie.

–Entiendo, pero ¿cómo empezar?

–Lo primero es que uno debe quererse a sí mismo y cuando digo esto no significa que uno se crea lo más lindo o lo mejor del mundo, sino que uno debe esforzarse por mejorar cada día, ese es el comienzo. Debemos preocuparnos por cuidar nuestro cuerpo, comer sanamente y hacer ejercicio, no es necesario exagerar en el tema, pero tampoco olvidar la frase que dijo Platón, uno de los principales filósofos de la Antigua Grecia, 'Mente sana en cuerpo sano'.

"Quererse a sí mismo es también procurar diariamente por verse bien, vestirse bien, caminar correctamente, hablar decentemente, sin ser presumido o exagerar. Eso hará, no sólo que la autoestima crezca sino que la gente que te rodea te preste más atención.

"Dentro del quererse a sí mismo está también la educación, es importante estudiar, capacitarse, leer libros, no importa cuánto nos tardemos pero siempre debiéramos estar leyendo algún libro, asistir a exposiciones, a eventos donde enseñen cosas nuevas, a seminarios, incluso a los que no tienen nada que ver con lo que usualmente hacemos, eso hará que expandamos la mente a otros horizontes ya que si diariamente hacemos lo mismo, estaremos viviendo como un árbol, viendo pasar los días, sin aprender nada nuevo. Los que no aprenden nunca nada nuevo, ni mejoran al menos lo que ya saben, se están condenando a seguir haciendo siempre lo mismo y por ende a seguir ganando siempre lo mismo.

"Aprender cosas nuevas trae cierto sacrificio, hay que estudiar y dedicar de nuestro tiempo libre, pero sólo quien hace esos sacrificios abre más posibilidades para seguir creciendo.

"Lo segundo es ponerse metas, dejar de simplemente soñar y ponerse metas concretas, incluso con tiempos para lograrlo. Por ejemplo, no soñar con lo bueno que sería aprender un segundo idioma, sino ponerse a la tarea de aprenderlo, dedicarle semanalmente tiempo al estudio de ese segundo idioma hasta conseguirlo. No se va a lograr en tres meses, como ofrecen muchos sistemas de enseñanza, pero si se le dedica el tiempo suficiente, podrás defenderte hablando ese segundo idioma en un año y si buscas la oportunidad de practicarlo a menudo, seguramente el tiempo de perfeccionamiento será menor. Asimismo, no sólo se debe soñar con viajar por el mundo, uno debe ponerse metas claras, preguntarse uno mismo: '¿Qué lugar quiero conocer? ¿Por qué quiero conocerlo? ¿Cuánto dinero necesito para ir a conocerlo? ¿Cuánto tiempo me tomará reunir ese dinero?'

"Uno no debe quedarse sólo con el sueño de viajar, ni se debe descartar la idea pensando en que sería un sueño muy costoso de cumplir. Hay que olvidarse de la palabra 'sueño' y cambiarla por la palabra 'meta'. ¿Cómo vas a decir que algo es muy costoso de conseguir si verdaderamente no has averiguado exactamente lo que valdría?

"Hay que pensar en la meta y avivar constantemente las ganas de conseguirla, si hablamos nuevamente de un viaje deseado, no importa que la meta la vayamos a cumplir en cinco años, es mejor cumplirla dentro de cinco años que llegar a viejo y saber que nunca se cumplió porque uno mismo no quiso esforzarse en conseguirla. Desde ya, se puede ir averiguando cuánto cuesta y calcular cuánto debe ahorrar mensualmente para lograrlo, buscar por Internet todo lo bueno y diferente que tiene ese lugar que uno desea conocer, leer sobre la historia y la cultura del lugar; todo esto, no sólo te hará más culto sino que mantendrá vivo el deseo de cumplir la meta.

"Hace tan solo tres meses alguien me dijo algo muy sabio, uno no sólo debe tener sueños en la cabeza, sino hacer una lista de las cosas que verdaderamente quiere y sabe que puede conseguir, escribirlas y priorizarlas... ¿Pablo es que te llamas, cierto?"

–Sí, Pablo.

–Bueno Pablo, te propongo que hagas una lista de cosas que quisieras hacer y conseguir.

–¡Jajaja! La lista sería infinita.

–Entonces escribe sólo las que cosas que más quisieras, pero no sólo sueñes con ellas, quien sólo tiene sueños es un mediocre, la gente exitosa se propone metas. Debes hacer un listado de al menos diez metas que quieras lograr o conseguir en los próximos cinco años. Escríbelas, grábatelas, pega ese listado en un lugar donde frecuentemente lo puedas ver y comienza a luchar por conseguirlas. Si en cinco años, logras, al menos, la mitad de esas metas, estarás ingresando al grupo de los exitosos. Si logras conseguir más de la mitad, no sólo serás exitoso sino alguien digno de tomar como modelo a seguir.

–Lo importante de luchar por conseguir una meta propuesta no es sólo el hecho de conseguirla, es todo lo que aprendemos y crecemos en el esfuerzo por conseguirla.

–El tercer paso y esto lo escuché hace poco, escondido detrás del confesionario de una iglesia, es que...

–¿Qué dijiste?

–¡Jajaja! Olvídalo, no importa el lugar; como te decía, lo tercero es analizar de quién nos estamos rodeando, revisar si las personas que frecuentamos aportan o no algo bueno para nuestras vidas y no significa que tenemos que alejarnos de aquellas que queremos pero que creemos que nada nos pueden enseñar para crecer, sino que tenemos que dedicarle tiempo a conocer más personas que si lo hagan.

–Esforzarse por conocer nuevas personas y escuchar sus historias y sus vivencias e intentar aprender de ellas, ya que es imposible que un ser humano pueda vivir, por si mismo, todas la experiencias que un individuo puede tener.

–Uno de los secretos del éxito es aprender a identificar cuales personas debemos mantener cerca de nosotros y de cuales debemos alejarnos.

–Trabajar inteligentemente es trabajar en todas esas cosas que te acabo de mencionar, el éxito no lo encontrarás en lámparas mágicas, para conseguirlo, como te dije, primero se debe trabajar en uno mismo y luego dedicarse a algo que a uno le apasione, si se hace esto, el éxito vendrá por añadidura.

–Todo eso suena muy bonito pero si uno sabe lo que le gusta no es rentable. Entonces a mí me parece que dedicarse a eso no sería actuar inteligente, yo pienso que en ese caso hay que dejar lo que te apasiona como un hobby y dedicarse a otra cosa que si de dinero, así sea más aburrido, es más seguro.

–¿Y para qué quieres tanta seguridad?

–Para el futuro.

–Pero si ya todos sabemos que va a ocurrir en el futuro.

–¿Cómo así? Yo no sé.

–¿Cómo que no? En el futuro, todos moriremos, la vida es un ratico nada más, ¿ya olvidaste lo que concluimos hace sólo un minuto?

–¿Qué cosa?

–Que el objetivo no es conseguir dinero por conseguir, el objetivo es ser feliz y el dinero puede ayudar a eso, pero no es la felicidad, la vida es muy corta para permitir que todos los días sean monótonos y aburridos, seguro que es imposible que todos los días sean llenos de felicidad, pero hay que intentar que cada día sea diferente al anterior. Hay que vivir la vida sin temor a las derrotas, si a uno le apasiona algo pues ¿qué mejor hay que hacer eso a diario y lograr además que eso te de dinero?

–Pero no todo lo que me gusta hacer da dinero.

–¿No? Dime por ejemplo algo que no dé dinero.

–Ahora que lo pienso, cualquier cosa puede dar ganancias.

–Así es, si eres bueno en lo que te apasiona, seguro podrás conseguir dinero con eso, lo importante es buscar como y arriesgarse a luchar por encontrarlo, dejando a un lado el temor al fracaso. Pueda que no consigas todo lo que te propones en la vida pero, aun fracasando se gana, usualmente las victorias sólo traen satisfacción pero no enseñan nada, en cambio, cada vez que se pierde se puede aprender algo, lo importante es no acostumbrarse a ser perdedor, además, por ahí dicen que "quien tropieza y no cae, dos pasos adelanta".

–Tom, te escucho hablar y me sorprendes, la verdad estoy maravillado con tu forma de pensar. Ahora estoy un poco intrigado, si nos hablaste de metas, supongo que tú ya tienes las tuyas muy claras en tu cabeza, cuéntanos cuales son esas diez metas que tu quieres lograr en los próximos cinco años.

Brian se avergonzó de estar predicando lo que no había hecho, sin embargo no quiso quedar mal ante Don Manuel y su sobrino así que respondió rápidamente y sin mostrar vergüenza.

–La verdad es que no las he escrito aún, así que no sé si tengo exactamente diez, pero ya tengo varias en mi cabeza:

"Cuando iba a comenzar a recitar sus metas, se dio cuenta que lo que tenía pensado decir ya no era exactamente lo que quería. Inicialmente pensó comentar su deseo de ser un profesional, tener una empresa, comprarse un auto de lujo, conocer muchos lugares del mundo y tener una familia, pero todo eso ya lo había logrado, no importaba que ellos no lo entendieran y aunque no eran malos objetivos, pensó que si se lo proponía, como estaba joven de nuevo, seguramente todo eso lo volvería a conseguir, ya que aunque hace veinticinco años contaba con mejores condiciones económicas para empezar, ahora tenía mucha más experiencia, sin embargo, si volvía a dedicar su vida a hacer lo mismo que había hecho los pasados veinticinco años, seguramente no viviría ni aprendería más cosas nuevas, así que hizo un minuto de silencio, reorganizando sus ideas para ver cuales asuntos quería que se volvieran prioritarias en su nueva vida".

Don Manuel y Pablo se miraron entre si y guardaron silencio, a la espera que "Tom" comenzara su respuesta. Finalmente Brian comenzó a hablar:

—En los próximos cinco años quiero:

Al recordar que los últimos veinticinco años se había dedicado al mismo negocio de la publicidad, pensó que una buena meta sería aprender algo nuevo así que dijo:

—Quiero aprender de algún nuevo negocio en el que nunca haya trabajado antes.

Luego pensó en la conversación que había tenido con Jacob, el tío de Ángela, el mismo día del accidente, sobre los lugares que había visitado y creía haber conocido pero de los que realmente aprendió muy poco y dijo:

—Quiero estar, al menos por un tiempo, en un lugar diferente, y cuando digo estar no es tan solo visitar en vacaciones, quiero vivir, por lo menos un par de años, en una tierra cuya cultura sea totalmente diferente a la nuestra para así poder aprender de ella verdaderamente.

De joven siempre había soñado con recorrer su país en motocicleta y ese era uno de los planes que tenía con Samanta, sin embargo, a su muerte, las cosas cambiaron mucho y a Laura nunca le habían gustado las motocicletas, entonces volvió a tomar ese plan olvidado y lo introdujo en su lista:

—Quiero, comprarme una motocicleta y recorrer mi país en ella.

Pensó que el anterior plan sería bueno realizarlo pero sería aún mejor si lo hiciera con alguien que también le gustara esa idea así que, recordando a Samanta y pensando en si a alguien como Ángela podría gustarle esa idea, dijo:

–Quiero enamorar y enamorarme de alguien que le guste la idea de vivir conmigo las dos metas que acabo de decir.

Aunque a lo largo de su carrera había aprendido a hablar Inglés y un poco de francés, deseaba consolidarlo así que dijo:

–Quiero aprender a fondo un nuevo idioma, no sólo defenderme en él sino incluso, viajar a algún lugar donde lo hablen y aprender detalles como el acento y los modismos que usan en la calle.

Con el conocimiento empírico de arte que Tom le había obsequiado y el poco tiempo que llevaba estudiando su nueva carrera en la universidad, sumado a las inquietudes que le habían surgido al trabajar en una galería de arte, su deseo por estudiar historia habían crecido fuertemente así que dijo:

–Quiero estudiar y aprender mucho sobre la historia de la humanidad, el arte, la religión y la política a través de los tiempos.

Recordó que de niño siempre le llamó la atención aprender a tocar algún instrumento musical, sin embargo, como había dedicado más tiempo al deporte nunca había tomado eso como una meta así que dijo:

–Quisiera aprender a tocar guitarra.

Habiendo entendido desde hace algunos años que es mejor trabajar ganando por utilidades que trabajar por un salario, entonces dijo:

–No deseo ser empleado toda la vida, así que quiero lograr ser mi propio jefe algún día.

Cuando dijo esta meta, recordó que en su vida anterior lo había logrado, pero lograrlo le había costado mucha dedicación y sacrifico de tiempo valioso que hubiera deseado poder compartir con su familia, así que recordando que la verdadera independencia no se logra sólo teniendo un trabajo propio que te de mucho dinero sino obteniendo el tiempo necesario para disfrutarlo, completó la frase anterior diciendo:

–Me encanta el dinero y me gustaría ser millonario, sin embargo espero poder ser mi propio jefe en algún negocio que no me aleje extremadamente de mis seres queridos y que me permita sacar tiempo para disfrutar la vida y cumplir mis otras metas, aun cuando esto haga que las ganancias económicas percibidas sean menores, pues al final, a ninguno de nosotros nos van a enterrar con el dinero que nos sobre una vez muramos, eso sólo le sucedía a los Faraones Egipcios y sólo sirvió para fomentar a los saqueadores de tumbas e inspirar películas de cine.

Siguiendo con el afán de aprovechar el regalo de volver a ser joven, que el destino le había obsequiado, dijo:

–Quiero aventurarme a tirarme en paracaídas y si no muero en el intento, quiero hacer muchas locuras sanas de ese estilo.

–Pero si lanzarse en paracaídas es una de tus metas, me parece algo muy sencillo de conseguir y hasta un poco tonto.

–No importa si tus metas son tontas o complejas, lo que deben cumplir es el requisito esencial: ¡Que te hagan feliz! Como ves, he dicho cosas complejas como vivir en otro país, aprender a tocar guitarra o aprender otro idioma y cosas simples como lanzarme en paracaídas o recorrer el país en motocicleta, no importa si son complejas o simples, son propósitos que me estoy trazando y que el conseguirlos me traerán felicidad y satisfacción personal.

Finalmente, Brian se puso a recordar cuando realmente había estado joven y eso lo llevó a pensar en el tiempo en que había sido el capitán del equipo de la universidad y el sueño nunca logrado de haber sido campeón con su equipo, debido a que, aunque en el año en que él se había graduado, su equipo había ganado la final, él no había podido participar debido al accidente sufrido en aquel entonces. Al recordar esto, dijo:

–Quiero jugar en el equipo de la universidad.

–¿Cómo? Tom, no sabía que te gustaba el deporte, o por lo menos tanto para que participar en un equipo pudiera llegar a ser una de tus metas –Dijo Don Manuel, un poco sorprendido y luego prosiguió–: Si es así, Pablo te puede ayudar, el juega hace un año en el equipo. ¿Cierto sobrino?

–Claro, quizás te pueda ayudar, siempre y cuando seas bueno, puedo conseguir que te hagan una prueba. Lo extraño es que un alumno de la facultad de Artes quiera jugar en el equipo, eso si sé que va a causar conmoción.

–¿Y por qué lo dices? –Preguntó Brian, aunque sabía la respuesta, pues en su tiempo, él hubiera pensado igual.

Pablo sudó un poco y tartamudeó, "E... Este... por... porque... como te digo... ". Finalmente el mismo Brian le ayudó a salirse del lío, diciendo:

–Olvídalo, luego me lo explicas, lo que me interesa realmente es que pertenezcas al equipo de la universidad, ¿Podrías llevarme algún día a las prácticas?

–Claro que si, si quieres vamos mañana mismo, entrenamos en la mañana.

–¡Qué lástima! No puedo, porque debo trabajar hasta mediodía.

–Si es por eso, si quieres mañana abres un poco más tarde, con la condición de que te ganes la entrada al equipo y me dejes de mirar con esos ojos de ternero en matadero. –Dijo Don Manuel, al darse cuenta que "Tom" lo había mirado de reojo para ver si le daba permiso de ir a la práctica.

–Bueno, ya para la meta de pertenecer al equipo de universidad, comenzaremos a trabajar mañana, sigue diciéndonos tus objetivos de estos próximos cinco años –dijo Pablo para continuar con la conversación.

Brian siguió pensando en sus vivencias pasadas y sobre las cosas que dejó de hacer, escarbó en su mente y volvió a convencerse de que en su vida pasada había sido un hombre feliz, era cierto que había dejado de hacer algunas cosas que siempre quiso, pero también había hecho muchas que pocos logran, fue un profesional con éxito, logró ganarse el cariño de aquellos que lo rodeaban, generó empleos, conoció varios lugares del mundo y tuvo una familia. Sin embargo al pensar en esto último, vino a su mente el deseo de tener un hijo. Siempre había amado a Joseph y aún después de muerto siempre lo recordaba con mucho cariño, sin embargo, debido a los problemas de Laura, su hijo Joseph había sido adoptado y aunque nunca le hizo falta realmente tener un hijo propio, siempre pensó en esa posibilidad, así que dijo:

–Bueno, otra de mis metas será tener un hijo.

–Un momento Tom –dijo Don Manuel–. He venido contando tus metas y con esta última ya llevas once, así que te pasaste.

–Recuerden que no es algo exacto eso de las diez metas, ni tampoco el límite de los cinco años, pueden ser cualquier cantidad de metas en cualquier cantidad de tiempo, lo que debemos hacer es siempre estar trazándonos metas, incluso, estas metas que acabo de proponerme pueda que no las cumpla en cinco años, quizás me demore más, pero aún así creo que sería un buen logro si consigo cumplir al menos la mitad de ellas, aunque sea en el doble del tiempo.

La conversación finalizó con la entrada de un cliente a la galería, Brian fue a atenderlo, Don Manuel se puso a revisar unos documentos y Pablo merodeó por el lugar, observando sin mucho interés, los objetos que se ofrecían.

Después de unos minutos, Pablo se despidió y los dejó a ambos trabajar, no sin antes acordar entre "Tom" y él, la hora y el lugar en que se encontrarían al día siguiente para ir a la práctica.

Al llegar el medio día, justo cuando Brian se disponía a irse para la universidad, Don Manuel le preguntó sobre Ángela:

–Dime Tom, veo que esta semana no te ha visitado tu amiga Ángela, ni tampoco te he visto hablando con ella, ¿todo está bien entre ustedes?

–Bueno, la verdad es que no vamos ni bien ni mal, no estamos enojados pero tampoco hemos hablado en toda la semana, yo creo que a ella ya se le quitaron las ganas de tener alguna relación conmigo y quizás sea mejor así para ambos.

–Tom, la verdad es que es una verdadera estupidez lo que acabas de decir, si dos personas se quieren, ¿Cómo va a ser mejor estar separados que juntos? Lo que hay que hacer es entender lo que los está alejando y ver si ese obstáculo es más fuerte que el sentimiento entre ambos y créeme que, por lo general, nunca lo es. El asunto se trata de dar, de renunciar a algo para obtener algo, lo que sucede en una diferencia de pareja, es que usualmente ninguno de los dos quiere renunciar a lo que deben renunciar o dar lo que deben dar para que la relación continúe. Por ejemplo, en una discusión, quien está dolido o resentido por algo que el otro haya hecho, es quien primero debe dar algo, y ese algo es dar la oportunidad a que el otro se exprese o se defienda, pues si no, nunca se entenderá por qué la otra persona hizo lo que haya hecho.

"Por otro lado, pueda que yo sea un viejo romántico, pero siempre he creído que el amor es un sentimiento solitario y cada ser humano debe volverse un guerrero protector de él, debido a que tiene muchos enemigos en su contra, fuertes enemigos como la tentación, la lujuria, la avaricia, la codicia, los chismes, la distancia, la rutina etc... Y más aún, el hombre, por su condición de hombre, debe ser quien más afronte esas batallas y no esperar que la mujer de el primer paso, incluso cuando el problema haya surgido por culpa de ella. No es que siempre deba ser así, pero el hombre no debe olvidar eso de ser un guerrero protector del amor y en muchos casos, debe ser lo suficientemente hombre, para ser el primero de los dos que renuncia a algo y dar la oportunidad de hablar. En resumen, si un hombre tuvo la culpa, debe buscar como contentar a su amada y si ella tuvo la culpa, él debe propiciar que ella encuentre fácil la forma de disculparse".

—Pero señor, ¿usted está diciendo que una persona debe perdonar todo lo malo que haga su pareja?

—¡No! Por supuesto que no, pero la decisión de perdonar o de no hacerlo, debe ser en pro del amor, te explico: Un hombre, aunque suene muy duro, debe ser lo suficientemente fuerte, así como un guerrero, para soportar y perdonar cosas tan dolorosas como una mentira y hasta una infidelidad, porque el amor constantemente está siendo atacado y en algún momento puede suceder algo tan trágico como un engaño, originado ya sea por la tentación, la rabia, la rutina, la distancia, etc., que no tienen nada que ver con el amor pero que sí lo pueden afectar. Ser guerrero no es fácil, nunca lo ha sido a través del tiempo, por eso los buenos guerreros hacen historia.

"Sacrificar el ego para perdonar un engaño en pro de salvar al amor es de valientes, sin embargo no se debe confundir lo que digo con ser un tonto que perdona mil engaños o permite mil mentiras, ya que también ahí se está dejando que el amor sea herido. Si una persona deja que constantemente hieran el amor que le tiene a otra y no hace nada para detenerlo, e incluso lo contempla, entonces está permitiendo que el amor sea atacado, así que en esos casos, aunque también sea duro tomar la decisión, hay que ser fuertes, como un guerrero, y alejarse de esa persona que, aunque te guste, hiere el amor que le tienes a ella y a tu amor propio. Como vez, en ambos casos, la decisión de perdonar o no hacerlo, fue en pro del amor, ¿entiendes?"

—Ahora entiendo y déjeme decirle que estoy sorprendido de lo mucho que estoy aprendiendo de las relaciones en pareja al escucharlo.

—Bueno Tom, si entendiste, entonces ve, se un guerrero valiente y reconquista a tu chica, no dejes que muera el amor.

—Eso haré —Contestó Brian, sonriendo un poco.

Brian decidió que antes de ir a clases, pasaría primero por el hospital para ver si alcanzaba a toparse con Ángela antes que terminara su turno.

Montado en el metro, mientras iba de camino al hospital, se puso a observar a las personas que lo rodeaban y a pensar en el montón de veces que le había tocado montar en metro en los últimos tres meses y sin embargo había pasado al menos los últimos veinte años sin hacerlo y le hizo caer en cuenta de que simplezas como esa le hacían sentir joven. No era solo el hecho de tener un cuerpo más joven, sino el vivir y aprender nuevas cosas, lo que lo hacía sentirse joven otra vez, con cada persona que conocía aprendía más. Con Jacob había entendido lo importante de fijarse prioridades en la vida y nunca olvidar que el objetivo era ser feliz, lo que aunque sonara simple no lo era tanto. Con Don Simón, el dueño de Retorno, había entendido como se debe trabajar duro para el futuro pero saber analizar cuando comenzar a disfrutar las cosechas de lo sembrado, así mismo, como en cada etapa de la vida se deben tener claras las prioridades, educación, construcción y diversión. Con Pedro, el yerno de Don Simón, había comprendido que las finanzas se deben manejar dependiendo, no solo del mercado, sino también de la edad que se tenga y de cuando es mejor invertir a corto y a largo plazo. Con Ángela había aprendido a ver la muerte como el simple proceso normal de desgaste del cuerpo y que diariamente este están regenerando células, a tal punto que todas eran renovadas cada cierto tiempo, también con ella había entendido lo importante de la risa y de cómo la alegría y el miedo generan en el cuerpo y la mente diferentes cambios que pueden llevarnos a actuar de una forma o de otra, aun cuando en condiciones normales no hubiésemos actuado así. Hablando con Laura, no solo había llegado a conocerla más en tres meses que en veinte años, sino que había comprendido lo importante que era la comunicación en las parejas y de cómo uno nunca debía suponer lo que la otra persona estaba pensando sino confirmarlo por medio del diálogo, así mismo de lo importante que era conocer y compartir las metas y anhelos de la pareja. Al escuchar la conversación del Padre y Tom, había entendido el valor de la vida y de lo importante de aprovechar bien las oportunidades que se presentan así como de estar agradecido por los cambios que te hace dar el destino, ya que aunque todo cambio trae una pérdida, también trae cosas nuevas. Al ver la forma de actuar de Tom, había aprendido que en la mayoría de las ocasiones siempre era mejor hablar con la verdad que ponerse a inventar mentiras y con Don Manuel había entendido lo importante de cuidar el amor y lo vulnerable que este es, así mismo, que el perdonar no era de débiles sino de valientes.

Es increíble, hace tres meses me sentía un viejo atrapado en un cuerpo joven, pero en estos momentos me siento verdaderamente joven, de cuerpo y de mente, debe ser porque he aprendido más cosas de la vida en los últimos tres meses que en los anteriores veinticinco años. Nunca imaginé que iba a aprender tanto, después de haber estado a punto de morir –pensó Brian–. *Debe ser cierto lo que dicen sobre que "El hombre no deja de jugar cuando envejece sino que envejece cuando deja de jugar".*

Y cuando Brian pensaba en jugar, se refería a hacer cosas nuevas, cosas divertidas, cosas que te hacen esforzar física e intelectualmente, que te hacen sudar, que te hacen sonreír, que te hacen aprender.

Eso de que la risa rejuvenece y la amargura envejece, es totalmente cierto, el hombre que ya no encuentra nada nuevo para hacer o aprender, es un hombre viejo, no importa la edad que tenga –pensó Brian de nuevo.

Mientras el tren hacía el trayecto hasta la estación más cercana al hospital, Brian se puso a pensar en el listado de prioridades que había dicho en la conversación con Don Manuel y su sobrino, pensó que muchas de ellas eran quizás tontas, así que volvió a repasar en su mente, una por una y concluyó:

Sí, es cierto que algunas metas de las que dije son tontas, como eso de dejarme crecer el pelo y hacerme un tatuaje, o eso de tirarme en paracaídas, pero por más que lo pienso, aunque sé que hay cosas más importantes en la vida, en mi corazón siento que esas son las cosas que quiero sean mis metas y prioridades por ahora, no quiero volver a hacer lo mismo que hice en los últimos veinticinco años, no es que hayan sido malos años, de hecho todo lo contrario, sé que conseguí casi todo lo que me propuse, pero la vida es demasiado corta como para tener dos días exactamente iguales, aunque se haya disfrutado mucho el día que se desea repetir, repetirlo impediría que se aprendiera algo nuevo cada día.

"Pero lo más increíble es que todas las cosas que dije que quiero hacer, o al menos casi todas, las hubiera podido lograr en mi vida anterior, aun cuando tuviera un cuerpo de cincuenta años, incluso lo hubiera conseguido en muy poco tiempo si me lo hubiese propuesto, pues ya tenía el tiempo libre y el dinero disponible para lograrlo, lo triste es que en mi mente ya me sentía viejo para pensar en luchar por esas metas, que tonto fui.

"¿Qué cantidad de personas viven como yo vivía?, pensando que ya están muy viejos o que no tienen tiempo para vivir cosas nuevas y siguen haciendo exactamente lo mismo día tras día, sin experimentar nada nuevo, muchos de ellos incluso sin tener, ni siquiera, verdaderos compromisos que los cohíba de cambiar sus vidas.

"Para cumplir los sueños no hay que volver a ser joven, sólo hay que mantener joven el espíritu, creer que si se pueden alcanzar, volver esos sueños en metas y asignarles tiempo y recursos para alcanzarlos hay que luchar por lo que realmente uno quiere, y lo que uno quiere, debe volverlo una prioridad,

no hay que permitir que la vida te imponga las prioridades, es uno mismo quien debe imponérselas. Cada quien debe luchar por ser el dueño de su tiempo, quien no es dueño de al menos una parte de él, se está condenando a ser esclavo de otro u otros, que lo están usando por él".

Al llegar a la puerta del hospital, pensó en entrar a buscar a Ángela y decirle que no quería seguir estando lejos de ella, que en tres meses y dos semanas de conocerla, ella había logrado que él se sintiera completo de nuevo y que sólo recordaba haber sentido tantas ganas de ver a alguien, en la época en que salía con Samanta; luego pensó que sabía que nada de eso podía decirle o por lo menos no de la forma que lo estaba pensando.

¿Qué hago ahora? –Pensó… y al hacerlo, recordó lo diferente que Tom había actuado pasando por el mismo dilema, simplemente dijo la verdad y esperó a ver que pasaba, sin preocuparse que pensaran si estaba loco o no. También se acordó de lo detallista que él había sido, no sólo por el cachorro que le había regalado a Laura, sino por aquel recuerdo de haber visto una foto de ella y su mascota hace veinte años.

–Aun no entiendo como pudo Tom tener más claro en su mente, recuerdos de sucesos vividos por mí, que yo mismo –Pensó Brian.

–Ángela ya debe estar por salir, debería haber hecho como hizo Tom y haber traído algún regalo para suavizar el momento, pero no se me ocurrió antes y ya no hay tiempo. ¡Ya se!

Aunque estaba de espaldas a ella, Ángela, a lo lejos, vio a "Tom" apoyado sobre su vehículo, escribiendo algo.

Como suponía que él no podía verla, ella se acercó silenciosamente hasta llegar justo detrás de él…

–¡Buh!

–Con ese ¡Buh! no asustas a nadie, tienes que mejorar el estilo –dijo Brian mientras continuaba escribiendo algo en un pequeño trozo de papel–. Además, tu sombra viene tapándome el sol cada vez más, en cada paso que dabas mientras te acercabas, la próxima vez tienes que caminar en dirección al sol para que tu sombra se refleje del lado contrario.

–Perdón Genio, la próxima vez te mando mis cuentas del celular y con eso tienes para morirte del susto... ¿Qué escribes?

–Un regalo para ti... bueno, un regalo que si aceptas, sería para los dos.

–¿Un regalo?

–Eso es un trozo de papel y por lo que veo lo acabas de recoger en la calle.

–No critiques la envoltura.

Brian enrolló el papel, agarró con su mano derecha, la mano izquierda de Ángela y puso en ella el trozo de papel que sostenía en su otra mano, luego le cerró el puño y le dijo:

–No abras el regalo hasta que estés sola en tu carro.

–Está bien.

–Bueno, no te quito más tiempo, además tengo que ir a clases.

–¿Necesitas que te lleve?

–No, descuida, supongo que vas para tu casa a descansar y sé que tendrías que desviarte mucho. Lo único que necesito es que no pierdas tu regalo.

–No lo haré.

–Nos vemos.

–Sí, chao.

Ambos se acercaron para darse un beso de despedida y Brian notó cómo Ángela fue girando lentamente el rostro para poner su mejilla. Sin embargo él giró más que ella y logró darle un pequeño beso en la boca. Al hacerlo, la expresión de Ángela fue un poco de asombro, así que Brian continuó:

—En la mejilla no, quién sabe cuántos pacientes te han saludado hoy de beso en la mejilla. Por eso, para cuidarme, me tocó sacrificarme y darte un beso en la boca... ¡Nos vemos!

Ángela, se quedó por unos segundos, mirando como Tom se alejaba y pensando en el beso que le habían robado. Luego entró en su vehículo y se marchó. Al llegar al primer semáforo en rojo, desplegó el trozo de papel que "Tom" le había entregado y leyó lo que decía:

Alguien que se muere por ti, te está preparando un regalo de cumpleaños. Las condiciones para reclamarlo, son: Reunirse en el lugar de encuentro el sábado, a la una y media de la tarde en el parqueadero de la universidad. El Atuendo requerido: La ropa más cómoda e informal que tengas.

Otros requerimientos: Una maleta con equipaje para dos días. Una buena chaqueta para el frío. Buena música para el camino. Disponibilidad de conducir o ser copiloto por tres horas de viaje y contar con permiso para no volver a casa hasta el lunes en la noche.

Ángela se quedó intrigada una vez que terminó de leer la nota y su mente volvió a la realidad sólo cuando el conductor del vehículo que estaba detrás de ella, tocó dos veces la bocina para hacerle saber que el semáforo ya había cambiado a verde.

Un minuto después, recibió un mensaje en su celular que decía:

—Tan solo verte, fue suficiente para alegrarme este jueves! Un beso, Tom.

Ella no contestó el mensaje pero su expresión fue de mucha alegría.

El resto del día pasó muy normal para ambos, Brian fue a la universidad y al terminar sus clases, como de costumbre, pasó frente a la vitrina de méritos que enorgullecía a la institución, para admirar especialmente la foto de su equipo de antaño, que había sido campeón veinticinco años atrás. Ese retrato le hacía rememorar los momentos felices de aquella época, pero a la vez le recordaba la razón por la cual él no había estado con sus compañeros en el momento que habían salido vencedores.

Pese a que su rostro no aparecía en la fotografía, ya que había sido tomada el mismo día de la victoria, su nombre y el de su antigua novia estaban copiados en la inscripción que posaba abajo del marco de la foto:

"Victoria dedicada a nuestro capitán, Brian Rees quien con su fuerza y liderazgo nos motivó a seguir luchando y a su novia, Samanta Cruz, quien fue nuestra primer seguidora y su gran amor hasta el final".

Antes de regresar a su actual hogar, la galería de Don Manuel, Brian pasó por "Retorno", aquella taberna que solía frecuentar con Samanta y sus compañeros, lugar que le brindó la oportunidad de conocer al tío de Ángela y último lugar en el que había estado viviendo como Brian Rees.

Luego de haber pedido la primera cerveza y cruzar algunas pocas palabras con Juan, su amigo de la barra, varios jugadores del equipo entraron en el establecimiento. Como los jugadores de todas las épocas, ingresaron haciendo bullicio y siendo admirados por unos y envidiados por otros. Entre los jugadores, se encontraba Pablo, el sobrino de su jefe.

–Hola Tom, qué sorpresa encontrarte por acá –le dijo–. Recuerda que mañana vas a acompañarme al entrenamiento, así que no bebas mucho esta noche.

–Hola Pablo, no te preocupes, sólo pasaba a tomarme una cerveza, hace muchos años que dejé de beber en grandes cantidades.

–¿Hace muchos años? ¿Como cuántos? Por lo que veo tú no eres más que dos o tres años mayor que yo, y apenas estoy comenzando a beber.

–¡Jajaj! Es un decir, tengo veinticinco años, o sea hace poco que empecé a beber menos.

–Ya entiendo. Mira Tom, te presento a Harris, nuestro capitán.

–Hola Harris, mi nombre es... –casi se le escapó decir Brian– Tom, soy Tom.

–Hola Tom, me ha dicho Pablo que quieres jugar en el equipo.

–Sí, espero que aún mi cuerpo y mi mente sirvan para el deporte.

–¿Qué edad tienes?

–Veinticinco.

–Bueno, vas a empezar un poco tarde, ¿no te parece?

Brian apenas pudo contener su risa interior, pues aquel muchacho le estaba diciendo que ya estaba viejo aún aparentando tener veinticinco años.

¿Qué tal si supiera que en realidad tengo el doble de edad? –Pensó Brian

Sin embargo entendía lo que Harris le estaba diciendo, pues para lograr ser un gran jugador, usualmente tendría que haber comenzado a practicar, como mínimo, cinco años atrás.

–Sí, sé que es un poco tarde, pero más vale tarde que nunca.

–Eso es cierto, me gusta esa actitud, ¿y en qué posición crees que puedes ser bueno jugando?

–¡De capitán!

–¡Jajaja! –todos largaron una rotunda risotada.

Pasadas las risas, todos continuaron conversando del deporte compartiendo unas cervezas. El primero en irse fue Brian quien, a partir de ese momento, comenzó a ponerse nervioso por la práctica del día siguiente. No podía dejar de preguntarse si después de haber dejado de jugar tantos años su mente recordaría como hacerlo y el cuerpo de Tom respondería como debía ante una actividad física tan dura.

Apenas si pudo dormir pensando en la práctica, en Ángela, en Laura, en Tom, en Samanta, en sus recuerdos del pasado y en sus nuevas metas trazadas para el futuro.

Capítulo 13

El final del comienzo.
¿O será el comienzo del final?

Viernes 13, No hay nada peor que cumplir un día 13 y que ese día caiga viernes. Peor aún si nadie sabe que cumples años y no le puedes decir a nadie porque la cédula del individuo en el que estás metido, dice una fecha de nacimiento diferente. Qué coincidencia, un viernes como hoy, hace veinticinco años, Samanta me hizo una fiesta sorpresa de cumpleaños. Recuerdo que ese fue uno de los momentos más felices que he vivido, lástima que a sólo unas pocas horas de esa alegría, está también lo que quizás sea el recuerdo más triste que tengo, la muerte de Samanta: Viernes 13, ¿será un día de mala suerte? ¡No! Todo es actitud, hoy me va a ir bien, ¡lo se! Quiero que así sea!

Brian se levantó, hizo un poco de estiramiento, cosa que no hacía en veinticinco años, se bañó y se preparó para ir a la práctica.

Al llegar, su amigo Pablo no había llegado, pero Harris ya estaba en la cancha, así que ambos se pusieron a conversar sobre el equipo. Brian le preguntaba cómo era cada uno de los jugadores y le hablaba sobre lo importante que era para un capitán, conocer a cada uno de ellos, no sólo sus talentos y habilidades en la cancha, sino también sus problemas, su forma de pensar, su familia, su cultura o sus gustos personales, ya que al conocer todo esto, no sólo se tendería un lazo más fuerte entre el capitán y su equipo, sino que también entendería mejor cuándo un jugador no estaba actuando como se esperaba y cuándo necesitaba mayor atención que los demás.

Antes que llegaran todos los jugadores y entrenadores, ambos hablaron un poco sobre estrategia del juego y Harris quedó sorprendido de todo lo que "Tom" sabía de ese deporte, sin nunca antes haber jugado.

La práctica comenzó y Brian, calentó, estiró e hizo algunos ejercicios del juego junto con los demás miembros del equipo, pero al momento del partido de entrenamiento, los entrenadores tan solo le permitieron ingresar a la cancha faltando unos pocos minutos para terminar. En ese tiempo de espera, a Brian se le revolvía el estómago por la mezcla de ansiedad, nervios y felicidad que sentía.

Al momento de ingresar al terreno, la única camiseta que había disponible era la número trece. Brian sonrió al ver el número, mientras una voz le habló:

—Esa camiseta nadie se la pone y menos un día como hoy —dijo el asistente del entrenador—. Dicen que es de mala suerte.

—¿Y por qué piensan eso? —preguntó Brian.

—Porque un viernes 13, como hoy, hace muchos años, quien era capitán del equipo en aquel entonces, usaba ese número de camiseta y casualmente cumplía años un día 13. Resulta que en uno de sus cumpleaños, tuvo un accidente en el que falleció su novia y lo dejó incapacitado para volver a jugar. Por eso, en parte por respeto al recuerdo de esa persona y en parte por superstición al número, ninguna generación ha vuelto a usar esa camiseta desde aquel entonces.

Brian quedó sorprendido por esa historia, pues se refería a él mismo y nunca la había escuchado. Miró con emoción la camiseta y pensó en lo coincidente que era el que le tocara volverse a poner el mismo número veinticinco años después.

Finalmente, entró al juego. Su nuevo cuerpo corría bien por momentos y muy mal en otros. Se cayó un par de veces e hizo algunos malos pases, sin embargo, quienes lo observaban, notaron que entendía a la perfección la técnica del deporte y nunca se vio perdido en ninguna jugada. Con todo y los errores cometidos, logró hacer un par de movimientos que sorprendieron lo suficiente a todos para que, al finalizar la práctica, los entrenadores tomaran sus datos y le dieran la bienvenida al equipo.

La felicidad ganó a Brian. Ahora sí que se sentía verdaderamente joven. Luego de la práctica se fue corriendo para atender la galería, pero todo el día estuvo emocionado con la posibilidad de poder volver a practicar el deporte que tanto quería.

Quiso llamar a Ángela para contarle pero prefirió no hacerlo y esperar al posible encuentro del día siguiente.

Gracias Dios, haberme permitido sentir de nuevo la sensación de jugar, es el mejor regalo de cumpleaños que he podido recibir –fue lo último que pensó Brian, antes de dormir.

Su plan, si Ángela lo aceptaba, era pasar el fin de semana con ella en la antigua casa de campo de sus abuelos, que sus actuales dueños habían transformado en una posada. Para él, era uno de los lugares más hermosos que se podían visitar aún cuando ya había conocido muchos otros lugares bellos del mundo. La idea de visitar de nuevo aquel lugar había quedado frustrada hacía veinticinco años, con la muerte de Samanta, el mismo fin de semana que habían planeado hacerlo.

Brian se despertó el sábado a las siete y media de la mañana, como todos los años en esa misma fecha, pensando en Samanta y en el terrible accidente que había ocurrido veinticinco años atrás, pero decidió que ese no sería un día triste. Además ahora era Ángela quien estaba de cumpleaños, así que se levantó, hizo un poco de ejercicio, se bañó y abrió la galería a las nueve. Decidió adelantar tareas pendientes de la universidad mientras aparecía algún cliente.

A las doce y media del mediodía llegó Don Manuel, con la vianda para ambos. Mientras almorzaban, Brian le comentó acerca de la nota que le había entregado a Ángela y su plan para ese fin de semana.

–¡Bien hecho, guerrero!

–Don Manuel, ¿usted cree que ella acepte?

–Eso nadie lo sabe, pues nadie entiende a las mujeres, incluso ni ellas mismas se entienden, pero recuerda que en este mundo, el hombre está para quererlas y no para entenderlas.

–Eso es cierto.

–Bueno, vete pronto, ya casi es hora de tu encuentro con el amor.

–Sí. Hasta el martes, Don Manuel.

–¿Martes? ¿Y si tú no vas a estar el lunes, quién va a abrir la galería?

–Don Manuel, el lunes es día festivo, ¿no recuerda?

–¡Ah! Se me había olvidado, ya estoy un poco viejo y los viejos dejamos de ver el calendario de forma tan seguida como ustedes los jóvenes. Hasta el martes, entonces.

–¡Gracias por el almuerzo!

—Deberías dárselas a mi esposa.

—La saluda de mi parte.

—Claro que sí, ¡vete ya!

A la una y veinte de la tarde, Brian llegó a la entrada del estacionamiento de la universidad y permaneció merodeando en la zona por veinte minutos. Luego comenzó a revisar la pantalla de su celular cada dos minutos, esperando encontrar alguna llamada o mensaje de Ángela. Faltando diez minutos para las dos, Brian se dio por vencido en su espera, sin embargo no se fue del campus. Dio una recorrida por las canchas de entrenamiento, caminó por su facultad de Artes y después por su antigua facultad de Administración. Finalmente visitó de nuevo el corredor que alojaba la vitrina de trofeos de la universidad y nuevamente se detuvo a observar la foto de su antiguo equipo. En ese momento su celular sonó. En su pantalla aparecía el nombre de quien llamaba, así que contestó diciendo:

—¡Feliz Cumpleaños! —exclamó.

—¡Gracias! —respondió la voz de ella.

—Supongo que no fue lo suficientemente atrayente mi propuesta.

—No es eso... ¿Adónde querías llevarme?

—Era una sorpresa con condiciones, ¿recuerdas? La primera era aparecer hoy a la una y media de la tarde. Bueno, quizás algún día lo sepas.

—¿Qué te hace pensar que iba a preferir pasar el día de mi cumpleaños con una persona que apenas conozco y no confía en mi, en vez de estar con mis padres o con mis amigos?

—Como a tus padres y a tus amigos los puedes ver a diario, pensé que quizás te gustaría resignar un día de no verlos para permitir que tus ojos conocieran uno de los lugares más lindos que existe en este rincón del planeta.

–¿Y que tal si yo también tengo condiciones para querer recibir el regalo?

–Explícate, por favor.

–Bueno, no quiero pasar un fin de semana con una persona que no me tiene confianza y evade todas las preguntas que le hago.

–Entonces, ¿cuáles son tus condiciones?

–Sólo una, que respondas, sin rodeos y con la verdad, a todas las preguntas que yo te haga.

–Trato hecho.

–Entonces, acá va la primera pregunta, ¿Por qué, a cada rato, pasas por este corredor y te quedas mirando la vitrina de los trofeos?

Brian, volteó de inmediato y se dio cuenta que Ángela estaba semi-escondida tras la esquina del corredor.

–¿Hace cuánto me estás siguiendo?

–No me has contestado la pregunta aún, recuerda el trato.

–¿Eso quiere decir que sí vamos a ir?

–Si no me contestas la pregunta, estás rompiendo el trato.

–Lo observo porque me encanta el deporte y uno de mis grandes anhelos siempre fue ganar un trofeo para la universidad.

–Te creo, hoy te vi recorriendo las canchas mientras me esperabas.

Brian siguió hablando por el celular mientras caminaba hacia Ángela.

–Qué mala eres, yo imaginé que no deseabas verme.

–Al comienzo dudé en venir, pero me mató la curiosidad de saber cuál es ese lugar al que quieres llevarme.

Ya estando bastante cerca como para escucharse el uno al otro, Brian colgó la llamada y respondió:

—No te lo diré, tendrás que verlo por ti misma.

—Entonces tengo otra condición: que tú conduzcas y me dejes dormir todo el camino porque estoy muerta del cansancio, ayer me trasnoché con mis amigos, celebrando mi cumpleaños.

—Aunque te perderás la buena vista del camino, acepto el trato.

Brian se acercó a ella y la besó, pero el beso sólo duro un segundo pues Ángela sólo dejó que él tocara sus labios con los suyos y de inmediato apartó la cara diciendo:

—Espero que la sorpresa valga la pena.

—Te aseguro que sí.

Una vez que comenzó el viaje cruzaron pocas palabras. Ángela estaba tan cansada que antes de salir de la ciudad ya se había dormido.

En el camino, Brian iba pensando en cómo habría pasado Tom el día anterior, sabiendo que le estaban celebrando el cumpleaños en un día que no era realmente el suyo.

Seguramente Laura le habrá hecho una reservación en un elegante restaurante, de esos que solíamos frecuentar y habrá invitado a mis amigos y socios —pensó Brian—. *Seguramente también a unos más que no son ni lo uno ni lo otro. ¡Jajaja! O quizás se hayan quedado en casa, en una cena romántica y luego habrán pasado la noche jugando con su nueva mascota.* —se dijo.

Luego cayó en cuenta que casi con seguridad la noche no habría acabado ahí ya que su esposa y Tom llevaban dos semanas conviviendo juntos como pareja. Eso le dolió y le hizo sentir un poco de celos. Sin embargo, sabía que Laura realmente no le estaba siendo infiel, pues para ella ese sujeto era su esposo y quizás él la estaba haciendo más feliz. Además no se sentía en posición para cuestionar nada, ya que él mismo estaba intentando seducir a Ángela desde hace más de tres meses.

–Despierta dormilona, ya llegamos –dijo acariciándola con suavidad. Ella abrió los ojos y miró hacia afuera.

–¡Wao! ¡Qué vista tan hermosa? Nunca antes había visto algo parecido. ¿Dónde estamos?

–¿Ves la casa grande que está en el centro del valle, encima de esa pequeña colina?

–¿La que tiene la chimenea gigante?

–Sí, la misma.

Brian quiso contarle que esa había sido la casa de sus abuelos, en donde se reunía toda la familia en fechas especiales y que luego de su muerte, su padre la había vendido y ahora era una posada, pero sabía que Ángela conocía la historia de la vida de Tom y él había crecido en un orfanato. Entonces esa historia no iba a coincidir con lo que ella pensaba, de modo que dijo:

–Esa casa la conocí hace un par de años, era la casa de los abuelos de un amigo, él y su familia se reunían frecuentemente acá, pero una vez que sus abuelos murieron, la casa fue vendida y ahora la convirtieron en una posada. Es allí donde nos quedaremos.

Ante ese comentario, Ángela no dijo nada y ambos permanecieron en silencio, admirando el paisaje, hasta que llegaron a la entrada del lugar.

–Buenas tardes joven, bienvenidos a "Valle Edén" ¿en que puedo servirle?

–Tengo una reservación, de dos habitaciones, a nombre de Tom Archer.

–Por supuesto, acá tiene las llaves, ambas habitaciones están arriba, en el segundo piso, una al frente de la otra.

–Muchas gracias.

Ángela suponía que Tom había reservado solamente una habitación para ambos, así que estaba esperando el momento adecuado para decirle que el haber aceptado su invitación no significaba que ella aceptaría acostarse con él. Sin embargo, al comprobar que dormirían en habitaciones separadas, se sorprendió y no hizo ningún comentario al respecto.

Una vez que estuvieron frente de la puerta de sus habitaciones, Brian le preguntó:

–¿Te gusta montar a caballo?

–Hace muchos años que no lo hago pero si me gusta.

–Entonces, descansa un rato y vamos a dar un paseo por el campo, te aseguro que te va a encantar.

–Bueno, acepto.

La cabalgata duró un par de horas. Al llegar al río, hicieron un alto para descansar, después de hablar algunos minutos. Ángela quiso bañarse en el río, así que sin pensarlo dos veces, comenzó a quitarse la ropa.

Brian estaba estupefacto mirándola así que ella lo miró seria y le dijo:

–Tom, voltéate.

–¿Qué?

–Que te voltees y mires hacia otra parte mientras me quito la ropa.

–¿De qué hablas?

–Que me quiero meter al río, así que necesito que te voltees para poder quitarme la ropa. ¿Algún problema con eso?

–No, ninguno, tu puedes hacer lo que quieras, es un país libre...

–Entonces voltéate.

–Como te dije, es un país libre, tú haces lo que quieras y yo miro para donde yo quiera.

–¡Jajaja! ¡Qué gracioso! Ahora, voltéate.

–Está bien, pero que conste que lo hago en contra de mi voluntad y la de mis ojos.

Ángela se desvistió, quedando solamente con su ropa interior y luego se metió al río.

–Ya puedes mirar, tonto

–El agua debe estar muy fría.

–Depende, si eres muy delicado, quizás para ti si esté muy fría.

Brian se quedó mirándola, observando lo linda que era y pensando en lo mucho que su forma de ser se parecía a la de Samanta.

Quizás por eso es que me atrae tanto –pensó Brian–. *¿Será que no es Ángela quien realmente me gusta sino que quiero ver en ella a la persona que un día perdí?*

Ángela seguía mirándolo, entonces Brian entendió que era obvio que ella lo estaba esperando, así que comenzó a quitarse la ropa él también. Aunque intentó disimularlo, él estaba mucho más nervioso que ella.

Lo que empezó con risas y jugueteos en el río, los llevó a un apasionado beso que finalmente desembocó en media hora de explosiones internas de adrenalina y dopamina para ambos cuerpos. Finalmente, ambos quedaron desnudos, cansados y abrazados, descansando a orillas del río.

–Creo que ya no es necesario que pagues por dos habitaciones, ¿no te parece Tom?

–Debí haberte invitado primero al río, antes de llegar a la posada, pues ya pagué la noche de hoy.

–Bueno, entonces hoy dormiremos en camas separadas.

–Ni lo sueñes.

Luego de un prolongado descanso a orillas del río, ambos comenzaron su cabalgata de regreso a la Posada.

En el camino de regreso, hablaron muy poco ya que, debido a la oscuridad, el poco conocimiento de la zona y la falta de costumbre para montar a caballo, ambos debían concentrarse en el camino. Sin embargo, lo estrellado de la noche y el bello paisaje hicieron el paseo bastante romántico.

En ese retorno silencioso, Brian se fue pensando en lo mucho que había disfrutado pasar ese momento con Ángela y en lo cercana que la había sentido, aún con tan poco tiempo de haberla conocido. Incluso le hizo recordar antiguos momentos de pasión vividos con Samanta, muchos años atrás.

Tal como hoy o quizás mejor, hubiera transcurrido el día que quería pasar con mi novia, hace veinticinco años, si no hubiera fallecido –pensó Brian, con un poco de nostalgia.

Capítulo 14

Y la historia se repite

–Buenas noches –dijo, al entrar en la recepción.

–Buenas noches y bienvenidos a Valle Edén, ¿en qué puedo servirles?

–Quisiéramos hospedarnos y pasar un par de noches en la Posada.

–¿Tienen reservación?

–No, lamentablemente no hicimos reservación, ¿hay algún problema?

–Sí, lo siento pero no tenemos habitaciones disponibles señor, este fin de semana estamos llenos.

–No puede ser, mi esposa y yo llevamos conduciendo nueve horas, ¿está seguro que no puede ayudarnos con alguna habitación? No importa que tengamos que pagar un poco más o que nos tenga que dar una habitación sencilla.

–Lo siento señor, pero lamento decirle que no tenemos ninguna habitación disponible y no creo que a esta hora se desocupe alguna.

–Pero debe haber alguna forma en que pueda ayudarnos.

–Ahora que lo pienso, quizás haya una forma de que puedan quedarse, pero no soy yo quien les puede ayudar sino uno de los huéspedes que llegó esta tarde.

—¿Cómo así? No entiendo.

—Una joven pareja llegó esta tarde y tenían dos habitaciones reservadas. Cada uno está hospedado en una, pero quizás, si usted habla con ellos y les hace algún ofrecimiento, acepten cederle una de esas habitaciones ya que personalmente noté que, además, no aparentaban tener mucho dinero, incluso me sorprendió que rentaran dos habitaciones y no una sola.

—Bueno, a esta hora, no está demás intentarlo, ¿en qué habitaciones los puedo ubicar?

—Las habitaciones que rentaron están en el segundo piso, pero ellos alquilaron un par de caballos y salieron de cabalgata, el joven parecía conocer bien el lugar así que se fueron sin guía, sin embargo ya deben estar por llegar pues salieron hace ya varias horas. Si quieren, pueden esperar a que regresen.

—Claro que sí, esperaremos afuera tomando aire fresco. ¿Alguien nos podría ofrecer algo de comer y beber?

—Por su puesto, tan solo siéntense donde deseen y ya les envío a un mozo para que los atienda. Mientras tanto pueden darme sus nombres para que, una vez llegue la joven pareja, los pueda presentar.

—Mi nombre es Brian Rees y ella es mi esposa Laura.

—Perfecto señor Rees, yo les avisaré cuando ellos lleguen.

Al mismo tiempo Tom, quien ahora vivía en el cuerpo de Brian y poseía todos sus recuerdos, había decidido llevar a Laura a conocer el lugar al que su verdadero esposo siempre deseo regresar.

—Siempre hablabas de este lugar maravilloso y ahora veo que tenías razón, tiene una vista hermosa y por la mañana debe ser aún mejor —dijo Laura, mientras recibían el té que habían pedido.

–Sí, es hermoso, nunca había visto algo tan lindo –respondió Tom, pero de inmediato supo que había errado en su respuesta, pues para Laura, él era Brian Rees.

–¿Cómo así? Si tú me dijiste que de niño habías venido cientos de veces.

–Perdón, tienes razón, quise decir que hace muchos años no veía este lindo paisaje.

–No lo puedo creer.

–En serio, me equivoqué, yo sí estuve muchas veces de niño.

–No, no es eso, es increíble la coincidencia.

–¿Cuál coincidencia?

–Por la puerta principal estoy viendo entrar a alguien que conocí hace poco, mientras tú estabas en estado de coma. Un joven que asegura haberte conocido la misma noche que sufriste el accidente. Según él, antes del accidente, ustedes mantuvieron una charla en un bar y por casualidad, él también sufrió un incidente que lo llevó esa misma noche a ser hospitalizado en el mismo lugar. Luego de su recuperación, él siguió visitándote todos los días hasta que te trasladamos a casa. Espero que no pienses nada malo, comprobé que sus visitas fueron desinteresadas y fue un verdadero apoyo para mí, ya que estábamos lejos de casa, incluso tanto que fue a visitarte a nuestra casa y me dio muchos consejos acerca de cómo manejar las finanzas y nuestros bienes en caso de que tú no lograras sobrevivir. Aunque te parezca extraño, en ciertas cosas se parecía mucho a ti, por lo cual le tomé bastante aprecio. Sin embargo, luego de que tú despertaste, perdí contacto con él. Nunca te lo conté porque no me pareció importante y nunca se dio la posibilidad de tocar el tema. Y, la verdad, tenía un poco de temor de que hubieras visto mal que yo hubiera aceptado la ayuda de un extraño.

De inmediato, Tom, encerrado en el cuerpo de Brian, volteó su mirada hacia atrás y vio con terror, cómo su cuerpo se acercaba, montando a caballo.

En ese mismo instante, Brian, quien venía contemplando desde su caballo, el rostro de Ángela, escuchó cuando ella preguntó:

–¿Por qué están ellos acá?

–¿Quiénes?

–El señor Rees y su esposa.

–¿Quién? ¿Adónde?

–Sentados en aquella mesa.

Brian volteó su mirada y quedó paralizado al ver cómo su cuerpo y su esposa Laura, lo estaban mirando fijamente desde una mesa, a pocos metros de la entrada principal.

En un segundo, las miradas de Laura, Ángela y Tom, apuntaban fijamente a Brian, quien había quedado casi petrificado sobre su caballo, en la mitad del camino de entrada. En ese mismo momento, una camioneta se acercaba a la entrada de la posada, con todas sus luces encendidas, lo que provocó que el caballo que montaba Brian se asustara y con un relincho se encabritara, tomando a su montura desprevenida, no pudiendo mantenerse estable y haciendo que cayera hacia atrás.

Por estar desprevenido, Brian no estaba sujetando firmemente las riendas del animal y rodó hacía atrás, cayendo al suelo, dándose un fuerte golpe en la cabeza que lo dejó tan aturdido que no alcanzó a reaccionar ante los movimientos bruscos del caballo que luego lo pisó fuertemente con ambas patas traseras y finalmente, con uno de los cascos, volvió a golpearle la cabeza.

El animal corrió desbocado hasta que fue detenido por uno de los trabajadores de la posada. El cuerpo de Tom quedó inmóvil y tendido en el suelo, enlodado por completo y sangrando por la boca y la nariz. Ángela saltó de su caballo y corrió hacia el cuerpo de Tom. También el verdadero Tom se paró apresuradamente de la silla en que estaba sentado y corrió en la misma dirección mientras Laura, que no atinaba a hacer nada, de tan horrorizada que estaba, se quedó de pie al ldo de la mesa tomándose la cabeza con las manos.

El cuerpo de Tom permanecía inconsciente por más que Ángela intentaba reanimarlo. Varias personas de la posada, alertadas, corrieron a buscar una camilla para cargarlo hasta una camioneta en la cual pudieran transportarlo al hospital de pueblo.

El improvisado hospital no era más que una casa del pueblo acondicionada apenas con algunas camas y anticuados equipos médicos. Como era de noche, cuando llegaron el doctor ya estaba en su casa y el lugar estaba a cargo de una enfermera quien, al ver el estado del paciente, se apresuró a dirigirlo a un cuarto dispuesto para las atenciones de emergencia y dar aviso telefónico al médico. El doctor tardó sólo unos minutos en llegar y para ese momento ya la enfermera y Ángela tenían un parte médico del paciente:

—¿Qué sucedió? —Preguntó el doctor.

—Se cayó accidentalmente de un caballo y el animal lo pisó y lo golpeó en el cuerpo y la cabeza, por las placas tomadas, tiene dos costillas fracturadas y una de ellas parece haber perforado un pulmón, aún no sabemos como están el resto de sus órganos ni su cabeza —contesto Ángela.

—Perdone la pregunta —dijo el doctor—: ¿es usted médico?

–No doctor, soy enfermera y ahora estoy estudiando psicología.

–¿Son ustedes familiares del paciente?

–Bueno yo soy su... su novia (*Al menos, eso* creo –pensó) y ellos... bueno, ellos...

–Somos amigos –contestó Laura.

–Somos algo más que eso –dijo Tom.

Ángela y Laura se le quedaron mirando esperando una explicación.

–No entiendo Brian, ¿cómo así que: "algo más que eso"? ¿Qué quieres decir? –Preguntó Laura.

–No me presten atención, al que debemos atender es a él, que está herido –contestó Tom.

Ante la mirada expectante de todos, el doctor hizo una rápida evaluación e informó su parte médico.

–El paciente tiene una hemorragia interna causada por la perforación de un pulmón, tal como las enfermeras dijeron y adicionalmente tiene una lesión en el estómago. Opino que debemos operar inmediatamente, pero en este hospital contamos con muy pocos recursos para atender un caso como este sin que sea riesgoso. Eso sin contar con la sangre que se requiere para hacerle una transfusión. El problema es que si no lo operamos, muy seguramente morirá antes de que pueda ser trasladado. A todo esto se le suma que, aunque no tenemos los equipos para dar un diagnóstico final, el golpe en la cabeza parece ser bastante severo, por lo que existe la posibilidad de que su estado sea peor del que podemos saber con los instrumentos que tenemos.

–Acá estamos dos enfermeras y un doctor –se apresuró a contestar Ángela–, así que sugiero que no nos demos por vencidos y procedamos a operar de inmediato.

–Es cierto, no podemos dejarlo morir, hay que hacer lo que sea necesario para salvarlo –Afirmó Tom de manera enérgica luego de la respuesta de Ángela.

–Podemos hacerlo pero acá no tenemos sangre para hacerle transfusiones al paciente en caso que sea necesario, lo cual creo, será lo más probable –dijo el Doctor, mientras comenzaba a alistar el paciente.

–Tom y el señor Brian tienen el mismo tipo de sangre, lo sé porque yo revisé sus expedientes cuando estuvieron hospitalizados hace cuatro meses –declaró Ángela mirando a Laura y a quien suponía que era Brian.

–¿Es cierto eso Brian? –Preguntó Laura

–¡Sí, es cierto! –Respondió Tom de forma efusiva– sáqueme toda la sangre que necesite Doctor.

–No es tan sencillo, no puedo sacar toda la sangre de un solo paciente. –contestó el médico

–Yo soy grupo cero, factor RH positivo, también sirvo de donante –Dijo Ángela.

–Yo no recuerdo que tipo de sangre soy, pero... –dijo Laura mientras rebuscaba algo en su bolso– ¡Acá está!... mi cédula, en ella dice que soy grupo A positivo, ¿Qué significa? –preguntó Laura.

–Significa que no puedes donarle sangre a Tom, ya que él es grupo B positivo –respondió Ángela.

–Es cierto –Ratificó el médico.

–Yo soy AB positivo, tampoco puedo donarle –dijo la otra enfermera.

–Jovencita, ya que tú también eres enfermera no quisiera que donaras sangre de no ser estrictamente necesario. Es mejor que estés con tus cinco sentidos y con todas tus fuerzas para que puedas ayudarme en el quirófano –le dijo el médico a Ángela, y prosiguió–: Enfermera, traiga todo lo necesario para que comencemos de inmediato.

–¿Qué edad tiene usted señor Brian? –Preguntó el médico a Tom.

–Cumplí cincuenta el día de ayer –respondió Tom, sabiendo que obviamente era la edad del cuerpo de Brian a la que se refería la pregunta.

Ángela lo miró extrañada, ya que ella estaba cumpliendo años ese día, o sea un día después que él.

Tom la miró algo sorprendido y supuso que posiblemente Brian le pudiera haber contado algo sobre la realidad que los unía pero prefirió no hacer ningún comentario.

–Cincuenta años aún es buena edad para ser donante, además usted aparenta cuidarse bien, por lo que creo que no tendrá inconvenientes en dar sangre –dijo el médico–. Sin embargo, lo ideal es que toda sangre donada se someta a una serie de exámenes, no sólo para confirmar el grupo sanguíneo, sino para determinar anticuerpos irregulares y posibles enfermedades del donante. Después de eso, la sangre se centrifuga y se separa por componentes: hematíes o glóbulos rojos, plaquetas y plasma, así, al paciente sólo se le hace una transfusión de lo que realmente necesita. Una transfusión de hematíes incompatibles es potencialmente letal y aunque eso sí lo puedo comprobar, aunque sean compatibles, sigue existiendo el riesgo del contagio de enfermedades.

–Doctor, entiendo lo que dice, pero en este caso hay que correr cualquier riesgo con tal de salvar a Tom. Además, estas dos personas fueron pacientes míos hace cuatro meses, en el hospital de mi ciudad y puedo ratificar que ambos están sanos.

–Si es así, manos a la obra, no hay nada más que decir.

La operación empezó, las enfermeras entraban y salían de la habitación, llevando y trayendo los elementos requeridos en la cirugía, mientras Laura y "Brian" permanecían expectantes afuera del cuarto.

El estado de "Tom" era mucho más complejo de lo esperado. La sangre que había perdido obligó a que el médico, tal como habían calculado, tuviera que acudir a "Brian" para que sirviera de donante, quien aceptó de inmediato.

El cuerpo de Brian fue recostado en una camilla al lado de la cama donde estaba siendo atendido el cuerpo de Tom. El médico y Ángela continuaban atendiendo la operación mientras la otra enfermera se encargaba de la transfusión.

–¿Y yo por qué no sirvo de donante? –Preguntó Laura, con un susurro, a la enfermera que atendía a su esposo para no distraer al médico en su operación. Pero él logró escuchar la pregunta y antes que la enfermera pudiera decir algo, él mismo, le contestó:

–Cada grupo sanguíneo encierra ciertas características de la sangre, como los antígenos y el factor RH. Las transfusiones de sangre entre grupos incompatibles pueden provocar una reacción inmunológica, afectando drásticamente los glóbulos rojos, lo que puede provocar la muerte de una persona.

"Las personas con sangre del tipo A tienen glóbulos rojos que expresan antígenos de tipo A en su superficie y anticuerpos contra los antígenos B en el suero de su sangre y las personas con sangre del tipo B tienen la combinación contraria. Los individuos con sangre del tipo O no expresan ninguno de los dos antígenos,

A o B en la superficie de sus glóbulos rojos, pero tienen anticuerpos contra ambos tipos, mientras que las personas con tipo AB expresan ambos antígenos en su superficie.

Los donantes de sangre y los receptores deben tener grupos compatibles. El grupo 0 es compatible con todos, por eso quien tiene dicho grupo se dice que es un donante universal. Por otro lado, una persona cuyo grupo sea AB+ podrá recibir sangre de cualquier grupo, y se dice que es un receptor universal. ¿Comprendes?" –dijo el médico, luego de su explicación.

–Más o menos. ¿Entonces yo sólo puedo donar a quien sea de mi grupo sanguíneo? –Volvió a preguntar Laura

–En resumen –dijo el médico–. Como tu eres A+, sólo puedes donarle a los que son AB o A no importando su Rh y sólo puedes recibir de los que son del tipo A o los del tipo 0.

–Ya entendí –respondió Laura, y agregó–: Todos deberíamos donar sangre cada que podamos, para que emergencias como esta, nunca sucedieran.

–La verdad es que si tan solo el tres por ciento de la humanidad lo hiciera anualmente, habría sangre necesaria para atender todas las urgencias de transfusión de glóbulos rojos o plaquetas en el mundo, pero en la mayoría de las regiones del planeta, la cantidad de donantes no llega a ser ni el uno por ciento, ¿Qué triste no? Y eso que una persona podría donar hasta tres o cuatro veces por año si lo quisiera, ya que se done o no se done sangre, esta se renueva completamente en todos cada cuatro meses aproximadamente, de modo que sangre que no se dona, se pierde –respondió el doctor sin dejar de atender a su paciente.

–Me está doliendo el brazo, ¿es esto normal? –Preguntó Tom a la enfermera que lo estaba atendiendo.

–Sí, es normal que el brazo te duela mientras la sangre va abandonando tu cuerpo, por eso debes ayudarte abriendo y cerrando la mano para mejorar su fluidez –contestó la enfermera.

–Pero el brazo que me está doliendo no es por el que estoy donando sangre sino el izquierdo y en este momento también está empezando a dolerme el pecho... me está costando un poco respirar.

–¿Qué está pasando? –Preguntó el médico a la enfermera, sin quitar la mirada de su actual paciente.

–El señor Brian dice que le está doliendo el brazo, pero no en el que estoy sacando la sangre sino el otro, el izquierdo.

–También siento un cosquilleo en el pecho y una especie de escalofrío en el cuerpo.

–¿Un dolor en el pecho? –Preguntó Ángela, mientras dirigía una mirada de alarma al doctor.

–Sí, y ahora la cabeza está comenzando a darme vueltas, estoy algo mareado y siento un poco de náuseas... ¡Ohhh! Mi pecho me está doliendo, siento como una punzada en el corazón...

–¡Está sufriendo un pre-infarto! –Gritó el médico–. Enfermera: ¡detenga la transfusión y póngale oxígeno inmediatamente al señor Brian!

–Voy por otro tanque de oxígeno, acá sólo tenemos el que está conectado al joven –dijo la enfermera.

–¡Rápido, que es una emergencia! –Respondió enérgicamente el doctor.

–¿Un infarto? ¡No puede ser! –gritó Laura.

–Saca a la señora del cuarto y ven a ayudarme de inmediato –dijo el medico mirando a Ángela.

–No puedo respirar, no puedo respirar... el pecho me duele... ¡Ahh!

En menos de tres minutos, la situación cambió drásticamente en aquel dormitorio, acondicionado rústicamente como sala de cirugías, ambos pacientes se encontraban inconcientes y en estado crítico, el médico intentaba controlar la situación pero sólo había logrado descuidar la cirugía que aún estaba sin terminar, Ángela se concentró en apoyar al primer paciente y la otra enfermera asistía al recién infartado, mientras Laura estaba afuera, mirando a través de la ventana del cuarto, llorando sin comprender qué sucedía.

Capítulo 15

Fin

Brian abrió los ojos con gran dificultad, al comienzo no podía ver nada, los párpados le pesaban y una ligera niebla que lo rodeaba le impedían ver claramente a su alrededor. Estaba de pie, eso lo sabía, intentó mirar hacia el piso pero la niebla llegaba hasta sus rodillas, al mirar sus manos, parecían algo etéreas. Dio un paso y luego otro, lentamente hacia delante sin saber adónde se dirigía. La niebla comenzó a disiparse y con cada paso que daba se aclaraba la visibilidad. El lugar comenzó a verse conocido, estaba caminando hacia la entrada del antiguo rancho de sus abuelos, el paisaje era más hermoso que de costumbre, el atardecer del cielo reflejaba esplendorosos tonos color naranja que parecían estar pintados sobre el firmamento. El verde del campo era intenso y el sonido del río se mezclaba armoniosamente con el de las aves que volaban sobre él. Del valle parecía emanar una inmensa sensación de tranquilad y felicidad, mientras se acercaba hacia la casa principal comenzó a ver la silueta difusa de personas que parecían esperarlo. Con cada paso, los rostros se iban aclarando cada vez más hasta que, uno a uno, todos comenzaron a reconocerse claramente: primos y tíos que no veía desde la infancia, algunos viejos amigos de su juventud también estaban,

Brian no entendía porqué todos estaban allí pero por alguna razón no se sentía sorprendido. En cambio sí, la sensación de paz y tranquilidad iba creciendo cada vez que se acercaba a ellos y la felicidad fue mayor cuando logró identificar, entre las siluetas, a sus padres y abuelos, todos ellos iban también acercándose a él hasta que se sintió cubierto por los abrazos y el calor de todos, calor que no sofocaba y en cambio sí reconfortaba. Por un momento pensó en detenerse y hablar con cada una de las personas que iba viendo, pero se dio cuenta que ya todo estaba dicho, sin entender porqué, sabía lo que cada uno de ellos estaba pensando y a su vez entendía que cada uno ya sabía lo que él quería decirles.

De repente, Brian se vio envuelto en una luz blanca que era irradiada por todos aquellos seres queridos que lo rodeaban. Por un momento, no supo cuanto, se quedó inmóvil, disfrutando de aquella paz, en ese mismo tiempo su mente estuvo en blanco, nada le angustiaba, nada le intranquilizaba y nada le inquietaba, hasta que un pensamiento cruzó por su mente, le pareció curioso y absurdo no haberlo pensado desde el primer momento, pero en realidad, la felicidad que le había generado el haber visto a tantos seres queridos reunidos, había ocasionado que no analizara el hecho del porqué estaban todos allí.

–¿Estaré muerto? –Pensó–. ¿Será que morí al caerme de ese caballo? ¡Qué vaina, me morí! No puedo creer que esté muerto. ¿O será que estoy soñando? Pero si es así, es el sueño más extraño de todos, es un sueño en el que sueño que estoy pensando que estoy soñando. ¿O será que fue un sueño todo eso de haber estado viviendo en el cuerpo de otra persona y morí en el momento en que choqué con mi vehículo?

La paz que sentía no permitía que el hecho de pensar que había fallecido le causara ninguna sensación de tristeza o preocupación. Sin embargo, eso lo llevó a cuestionarse que si estaba muerto y ahora estaba rodeado de todos los seres queridos que también habían fallecido, por algún lado debía estar Samanta también. El sólo hecho de volver a verla después de tantos años lo emocionó completamente. De manera sutil, comenzó moverse nuevamente entre los seres de luz que le rodeaban, buscando encontrar el rostro de su novia de juventud, pero no lo encontró.

Mientras miraba hacia todos los lados, su mirada se cruzó con la de sus padres quienes lo contemplaban fijamente, abrazados entre ellos y con una sonrisa conmovedora. Al verlos así, él también sonrió y se dirigió hacia ellos para abrazarlos de nuevo. Después de un gran abrazo, sus padres comenzaron a caminar con él, llevándolo en dirección a la puerta de entrada del viejo rancho de sus abuelos, el cual lucía como si estuviera nuevo. Cuando llegaron a la puerta, sus padres nuevamente se quedaron mirándolo y aunque no cruzaron palabra alguna, Brian entendió que era él quien debía abrir la puerta y entrar.

Al ingresar, todo parecía oscuro y tan solo se veía una pequeña luz a lo lejos, no sentía ninguna pared a los lados y cuando quiso voltearse se dio cuenta que ya la puerta que había abierto no estaba, ni tampoco sus padres, comenzó entonces a caminar hacia la luz y se percató que no había un suelo que estuviera pisando, simplemente estaba flotando.

Al llegar al final del túnel, la luz era tan brillante que no se lograba ver que había al otro lado así que tuvo que cruzar, al momento se dio cuenta que había dejado de levitar y estaba avanzando con sus propios pies. Empezó a escuchar algunas voces que no lograba distinguir, pero rápidamente, entre las personas que hablaban, reconoció la voz de Ángela y cuando finalmente se aclararon las imágenes, se encontró de frente con los ojos de ella y de inmediato volvió a pensar en lo mucho que esa joven le recordaba a Samanta.

¿Será que realmente no es ella quien me atrae, sino las similitudes que le encuentro con Samanta? Es que hay tantos gestos y modos de actuar en ella que me recuerdan a Samanta que ya no sé ni qué pensar, es que hasta cuando se ve angustiada se parece a ella, ¿será que ella es...? No, no puede ser... Un momento, ¿Qué pasa? ¿Por qué está triste...? ¿Adónde estoy ahora?

Al ver a su alrededor, se dio cuenta que estaba en un cuarto que semejaba una sala de cirugía improvisada, además de Ángela, había un doctor y una enfermera atendiendo a dos pacientes, uno era su cuerpo y el otro era el de Tom.

–Pero... ¿Qué sucedió?, no entiendo ¡Hola a todos...! ¿No me escuchan? ¿Alguien me puede decir que está pasando?

–No te pueden escuchar –respondió una voz detrás de él–. Yo ya lo intenté. –Prosiguió diciendo la misma voz.

Brian se volteó de inmediato, para darse cuenta que quien le estaba hablando era Tom. Ambos estaban allí, en aquel cuarto observando, sin poder ser vistos o escuchados.

El doctor, Ángela y la otra enfermera intentaban revivirlos a ambos.

Por unos segundos se quedaron mirándose fijamente el uno al otro sin poder encontrar que decirse, hasta que Brian habló:

–Supongo que no necesitamos presentarnos, pues ya nos conocemos bastante bien.

—Tiene usted razón, señor Brian.

—Recuerdo haber caído del caballo en el momento que los vi, a ti y a mi esposa, en la entrada del rancho, así que supongo que estamos en alguna especie de hospital cercano y tu cuerpo está en esas condiciones por las heridas ocasionadas al yo caerme. Lo que no entiendo es ¿qué te pasó? O mejor dicho, ¿qué le pasó a mi cuerpo?, ¿Por qué también está inconsciente?

—Cuando caíste del caballo, mi cuerpo sufrió graves heridas y se necesitaba hacerte una transfusión, entonces resultó ser que tú y yo tenemos del mismo tipo de sangre, así que de inmediato dije que yo la donaría, pero en medio del proceso, parece que me dio un infarto... quiero decir, te dio un infarto, o mejor dicho, le dio un infarto a tu cuerpo.

—¿Y ahora qué? ¿Estamos muertos o qué? Estamos ahí acostados pero también estamos aquí hablando. Esto parece una película de horror y, lo más extraño, es que en este momento no tengo ninguna sensación de temor, ni angustia por lo que estoy viendo.

—Me siento igual.

—¿Cómo pasó todo esto?

—Ya te dije, cuando caíste del caballo...

—No, eso no, esa parte está muy clara, lo que no entiendo es cómo pasó todo esto de haber intercambiado nuestros cuerpos.

—No tengo idea, pero creo que todo pasa por alguna razón, aunque no lleguemos a comprenderla. Por lo menos le doy gracias a Dios de que aun cuando intenté quitarme la vida, el Señor me dio la oportunidad de vivir casi cuatro meses más, tiempo suficiente para arrepentirme por lo que hice y pedirle perdón a él mismo por haber querido echar por la borda el regalo más grande que me había dado, para darme cuenta que, aun con problemas, todos los días se pueden vivir cosas nuevas, conocer nuevas personas y aprender nuevas enseñanzas, además, al vivir en tu cuerpo pude comprender que todos los seres humanos, ricos o pobres, tenemos problemas que nublan nuestras mentes y que no necesariamente el pobre tiene más problemas que el rico, simplemente que algunos de los problemas son diferentes.

−No imaginé que pensaras así. De hecho, en algún momento supuse que entre los dos, el que había llevado la peor parte no había sido yo sino tú, ya que en el cambio de vidas, tu habías perdido la oportunidad de vivir tu juventud y habías pasado de tener veinticinco años a tener cincuenta de un solo golpe, que eras tú el que había perdido la oportunidad de realizar tus sueños de vivir tu vida.

−¿Está loco? Era yo el que me sentía premiado, no sólo por sentirme estar viviendo tiempo extra, sino porque al vivir su vida tenía todo lo que yo no hubiera conseguido, aunque me hubieran permitido seguir viviendo la mía. De la manera como yo estaba viviendo mi vida, muy seguramente que a mis cincuenta años no hubiera tenido ni una empresa, ni una esposa tan hermosa e inteligente, ni hubiera viajado tanto, ni tendría tanta gente a mi alrededor que me quisiera.

−Bueno, muchas gracias por lo que dices, pero yo sólo tuve la suerte de toparme con buenas oportunidades en la vida y simplemente las aproveché. En ese proceso procuré no hacerle daño a nadie y hacer que los que me rodeaban me quisieran y me respetaran, pero tú en cambio, a diferencia de mí, eres un artista increíble, tienes un talento extraordinario, que aunque no te des cuenta, te pone en un nivel superior a la gran mayoría de las personas y eso vale todo el oro del mundo.

–Pues en realidad, hasta el momento, ese talento no es que me haya dado mucho oro, apenas sólo lo suficiente para no morirme de hambre, en cambio usted, sin tener supuestamente ningún talento, logró forjar una vida que cualquiera envidiaría: una mujer bella, inteligente y que lo ama incondicionalmente, dinero para darse los gustos que ha querido y amigos que lo quieren y respetan. Usted es tan admirable que, sin tener supuestamente ningún talento, a penas con tres meses viviendo mi vida, ya consiguió una linda novia que incluso se ve de buena familia y hasta ha logrado que mi cuerpo se vea completamente diferente, con mejor apariencia y hasta más saludable. Apuesto que hasta ya consiguió trabajo.

–Sí, aunque no es la gran cosa, es un trabajo de medio tiempo, con uno de los maestros de universidad, pero lo importante es que lo que aprendo me sirve para la carrera.

–¡Es increíble! No sólo tienes un trabajo sino que ya entraste a una universidad. ¿Cómo lo hiciste? ¿Usaste algo mi... digo, de *tu* dinero?

–No, logré que me dieran una beca parcial, pero lo hice porque exploté tu talento de artista, así que sólo con mis conocimientos no lo hubiera logrado. En cambio tú, en sólo un mes has logrado rehacer un matrimonio que llevaba más de tres años con problemas y hasta has tenido tiempo para venir hasta acá con mi esposa a celebrar mi cumpleaños. Si hubiera sido yo, seguramente todavía continuaría peleando con Laura y estúpidamente ocupado en el trabajo, sin tiempo para ella y sin tiempo para mí.

A continuación hubo un corto silencio entre ellos, tiempo en el cual ambos se quedaron mirando cómo todos los que estaban en el cuarto, intentaban revivir sus cuerpos.

–Bueno, señor Brian, ¿y ahora qué? ¿Nos estamos muriendo o que?... Qué cosa con esto de estar vivo, hace tres meses odiaba la vida que llevaba, hace un mes me desperté sintiendo que me habían robado la mitad de la vida, hace una semana entendí que no me habían robado nada sino que por el contrario me habían regalado tiempo extra, hoy en la mañana parecía estar viviendo el mejor día de mi vida, desperté en una casa enorme y llena de lujos en donde me sirvieron un desayuno de esos que soñaba tener todas las mañanas cuando era niño y vivía en el orfanato. Después salí conduciendo un hermoso auto deportivo rumbo al lugar más hermoso que he visto, acompañado con una dama de tanta belleza y clase que pensaba que sólo podría existir en películas. Ahora, el mismo día que empezó perfecto, está terminado siendo todo un caos, pues estoy muriendo.

Otro silencio.

–¿Tom, sabes qué es la entropía? –Preguntó Brian

–No señor, no sé, ¿Qué es?

–Entropía es la tendencia natural que existe en el universo, a la pérdida del orden aparente. Todo en el universo es un caos, el universo mismo es un caos, pero aún así es perfecto, sólo que en ocasiones no alcanzamos a comprender esa perfección oculta dentro del caos. De hecho tú lo dijiste ahora, pueda ser que todo ocurra por alguna razón, sólo que a veces no logramos entender cuál es.

De nuevo, otro silencio.

–Señor, mire cómo se esmeran para revivirnos.

–Es cierto... Ángela se ve muy angustiada, es increíble que nosotros dos no lo estemos.

–Sí, la verdad es que por alguna extraña razón, me siento completamente tranquilo.

–Igual yo.

–Señor Brian ¿le puedo hacer una pregunta?

–Ya la estás haciendo.

–¿Qué?

–Ya llevas dos...

–¡Jajaja! Ya entendí... es increíble que estemos tan calmados mientras vemos lo que sucede, que hasta usted pueda hacer un chiste y yo pueda reírme.

–Es cierto... Dime, ¿qué quieres saber?

–¿Quién es ella?

–Su nombre es Ángela y es enfermera. La conocí en el hospital, fue la primera persona que vi cuando desperté en tu cuerpo, aunque en este momento creo estoy pensando que ya la conocía desde mucho antes.

–No entiendo.

–No te preocupes, ni yo mismo lo entiendo bien.

–¿Y está teniendo una relación con ella?

–Ella cree estar teniendo una relación contigo y yo no he tenido el valor de decirle la verdad. Al comienzo fue muy complicado, yo no quería traicionar a mi esposa y aunque quería salir con Ángela, no me sentía bien sabiendo que Laura estaba a cientos de kilómetros, llorando mi supuesto estado de coma, pero realmente me decidí a intentar tener algo con ella, luego de verte a ti y a mi esposa juntos y verla sonreír al lado tuyo como hacía mucho tiempo no la vía.

–¿Nos vio? ¿Cuándo?

–Yo supe cuándo despertaste. Ella misma me lo contó por teléfono y supe también que escapaste de mi casa, así que supuse que volverías a tu ciudad y a tu casa. Por lo tanto esperé a que aparecieras y te seguí a escondidas todo el día. Te seguí al hospital, a la iglesia, a la estación de trenes y hasta que regresaste a mi casa y le llevaste una mascota de regalo a Laura, en ese momento vi que ella estaba feliz de verte o, mejor dicho, de verme, aunque no fuera yo realmente a quien estaba viendo. Al comprobar esto no quise dañar esa felicidad así que simplemente me alejé y regresé a seguir viviendo tu vida.

–Ella es una mujer muy especial, es la mejor mujer que he conocido en mi vida.

–Sí que lo es...es una joya, siempre agradecí a Dios que la pusiera en mi camino.

–Ella también se ve triste y angustiada.

–Eso me duele, ella debe ser quien más está sufriendo, después de haber tenido que pasar por lo que vivió en estos últimos meses, ahora le toca verme morir, es casi como ver a alguien morir dos veces.

–Señor Brian ¿usted aún la quiere?

–Sí, mucho, la quiero mucho, la conocí cuando tenía tu edad y fue ella quien me ayudó a superar una gran pérdida que tuve en aquel tiempo. Nos casamos un par de años luego de conocernos y después de ella, no he vuelto a estar con ninguna otra mujer, le he sido fiel desde que la conocí... bueno, hasta hoy.

–Entonces debe sentirse muy enojado por saber que estoy viviendo en su casa. Le pido disculpas por usar sus cosas y más aún por estar con su esposa, yo no sabía qué hacer, así que simplemente le hice caso al Padre de aquella iglesia y me puse a vivir mi nueva vida y a agradecer a Dios que me hubiera dado esa segunda oportunidad.

–Sé que, en su corazón, ella no me está engañando. Para ella, tú y yo somos la misma persona y no tienes por qué disculparte, yo también he estado viviendo tu vida.

—Sí, pero a diferencia de mí, usted no tiene nada bueno que aprovechar de mi vida, yo no tengo nada, en cambio yo estoy gastando su dinero y viviendo en su casa.

—Te equivocas, créeme que te equivocas, vivir en tu cuerpo no sólo ha hecho que aprenda y viva cosas nuevas, sino que me ha hecho sentir joven de nuevo.

[...]

—Mira al médico y a Ángela, dejaron de insistir, parece que se está muriendo... o sea mi cuerpo está muriendo.

—Parece que tú también, quiero decir, parece que mi cuerpo también, mira a la otra enfermera, ya desistió de intentar revivir mi cuerpo. Nos estamos muriendo mi joven amigo...

[...]

—¿Qué esa luz?

—No lo sé, se está haciendo más intensa... ya casi ni puedo verlos, ya casi ni puedo verte.

[...]

—Tom, te escucho pero ya no te veo, sólo veo blanco por todos lados... Creo que ahora si nos estamos muriendo en serio.

—Es extraño pero ahora sí tengo un poco de miedo.

—Tom, no sé que pasará ahora pero, por si no nos volvemos a ver, ha sido un gran placer conocerte y no te preocupes, todo va a estar bien, no importa a donde vayamos, todo va a estar bien, así lo siento.

—Señor Brian, lo escucho cada vez más lejos... señor Brian, ¿me escucha?

De repente, ninguno escuchó nada más... y todo fue paz.

Capítulo 16

Otro retorno

De repente ninguno escuchó nada más y todo fue paz. Una inmensa nada los rodeaba y una gran sensación de tranquilidad los abrigaba, Brian no podía ver más que una intensa luz blanca, luego vio un punto negro a lo lejos, el cual perecía atraerlo. A cada momento el punto se agrandaba hasta semejarse a un largo túnel, tan largo que no se veía una luz al final. Cuando comenzó a entrar en su interior, sintió que empezaba a caer como si estuviera bajando por un tobogán, ganando cada vez más y más velocidad, hasta el punto en que la sensación de vértigo le presionaba el pecho y el estómago y aunque tenía ganas de gritar sentía que no podía mover los labios y los párpados se le cerraban contra su voluntad. Intentó detener su caída buscando con sus manos de dónde agarrarse, pero nada lo rodeaba, parecía un enorme abismo sin fondo. Después de un tiempo, no supo cuanto, dejó de luchar y simplemente se dejó caer. Su mente se perdió en sus recuerdos, pasando por su niñez, su familia, sus amigos de la infancia, por su época de estudiante, su equipo de la universidad, su novia Samanta, el accidente en que ella falleció, su matrimonio con Laura, su primer trabajo, su empresa, su hijo Joseph, sus problemas con Laura después de su muerte, del accidente cuatro meses atrás, de Ángela, de Tom... hasta que de pronto, sintió que dejó de caer y lentamente abrió los ojos. Todo se veía borroso, sentía dolor desde la cabeza hasta los pies. Supo que estaba acostado y finalmente logró identificar que estaba en aquel cuarto dispuesto como sala de cirugía, en donde había visto que lo atendían luego de caerse del caballo y en donde había estado viendo morir su cuerpo y el de Tom.

–Por fin despertó, pensé que nunca lo haría –dijo una voz.

Brian escuchó esa voz que le hablaba y le resultó familiar. Giró la cabeza y vio que su propio cuerpo estaba sentado en una silla al lado de la cama donde estaba acostado. De inmediato se miró sus manos y se tocó la cara, dándose cuenta que había despertado nuevamente dentro del cuerpo de Tom y quien le hablaba era su propio cuerpo, pero de inmediato entendió que era Tom.

–¿Qué sucedió?

–No lo sé, yo acabo de despertar hace tan solo unos minutos. Por lo que veo, el doctor logró salvarnos a los dos.

–Sí, pero aún tenemos los cuerpos intercambiados.

–Lo sé, ahora sí podemos decir que hemos compartido todo: nuestros recuerdos, nuestros cuerpos, nuestras vidas y hasta nuestra sangre, porque me siento tan débil que creo que me sacaron la mitad de ella.

–Qué experiencia tan extraña la que acabamos de vivir, ¿no lo crees?

–Yo diría que aún es una experiencia extraña la que estamos viviendo, pues todavía seguimos con los cuerpos intercambiados.

–¿Estás triste por despertar de nuevo en mi cuerpo?

–En absoluto, como le dije, yo odiaba mi vida anterior, no le encontraba ningún sentido, hasta tal punto que quise ponerle fin y en lugar de recibir un castigo por eso, he recibido un premio: vivir la vida de una persona extraordinaria y exitosa como lo es usted. Para mí cada segundo que estoy consciente siento que estoy viviendo tiempo extra, tiempo que aún ni siquiera creo merecer. Soy yo el que sigue pensando que usted es quien debe extrañar su fortuna y debe odiar que su esposa esté con otra persona, en resumen, que alguien más esté viviendo su vida.

—Tú no estás viviendo mi vida, sólo estás viviendo en mi cuerpo, mi vida la viviré yo, lo que conseguí lo hice en veinticinco años de trabajo, ahora no lo tengo, pero me han devuelto el tiempo invertido y creo que es un buen trueque. Por otro lado, mi esposa no está con otro, no me ha sido infiel, ella está con su esposo, con Brian Rees y ese eres tú.

—¿Y qué vamos a decir?

—¿Acerca de qué? No creo que ninguno de ellos sepa lo que nos sucede.

—Es cierto, pero Ángela sospecha que existe algún parentesco entre nosotros.

—Claro que lo hay señor Brian, lo que yo no sabría es qué nombre ponerle a este parentesco, pero seguro que estamos unidos, ahora hasta compartimos la misma sangre.

Ambos se quedaron en silencio por unos segundos y luego Brian comentó:

—Me caería bien un hermano menor.

—¿Qué cosa?

—Podemos decir que tú eres mi hermano menor

—Para mi sería un honor, aunque en este caso, usted sería el menor de los hermanos.

—¡Jajaja! Tienes razón, así que debes empezar por dejar de llamarme señor Brian, ya que el señor Brian eres tú, yo soy Tom, tu hermano menor.

–¿Y cómo decir que no nos conocíamos antes?

–Algo se me ocurrirá, llevo tres meses diciendo una mentira sobre otra, sin ser descubierto y parece que ya estoy adquiriendo experiencia en eso.

–Entonces lo dejo en sus manos señor Brian... digo, Tom.

Mientras tanto, Laura y Ángela se encontraban afuera descansando de la noche agitada, pues sabían que ya lo peor había pasado y que ambos pacientes se encontraban estables y en reposo.

–Ángela, ¿puedo hacerte una pregunta?

–Claro que sí señora.

–¿Cómo sabías que Brian y Tom tenían el mismo tipo de sangre?

–Cuando lo conocí, me causó mucha curiosidad ver que Tom se preocupaba tanto por la salud de un paciente que, se suponía, sólo había conocido la noche anterior y con el cual no parecía tener ningún lazo familiar. Entonces revisé su historial médico y lo comparé con el de su esposo, el señor Brian, dándome cuenta que tenían el mismo tipo de sangre

–Espera un momento, ¿estás diciendo que Brian y Tom son familia?

–No necesariamente señora Laura, realmente, el que tengan el mismo tipo de sangre no concluye nada, para realmente saberlo habría que hacer una prueba de ADN.

–¿Y una prueba de ADN podría confirmarlo?

–El genoma humano, como el de la mayoría de los animales, contiene dos alelos en sus cromosomas, uno lo hereda del padre y otro de la madre. Las pruebas de ADN identifican algunas regiones de los cromosomas y comparan sus patrones, pudiéndose, si se desea, determinar el linaje de las personas, incluso en varias generaciones. De ahí la razón por la que se pueda saber si un grupo de personas comparten o no una misma descendencia ancestral. Para el caso de padres e hijos, una prueba de ADN tiene una certeza de más del noventa por ciento, pero ¿usted también cree que ellos puedan ser familiares?

–La verdad, no lo había pensado hasta ahora, pero todo parece muy coincidente para ser una simple casualidad. Además, Brian y yo somos de la misma ciudad de donde eres tú y también Tom, sólo que nos mudamos hace unos veinte años. Brian y yo nos conocimos hace veinticinco, ambos estábamos en la universidad y él era un joven muy buen mozo, así que pudo haber sucedido que algún día hubiera salido con alguna chica diferente a mí y hubieran tenido un hijo. Lo que no creo es que él me lo hubiera ocultado tanto tiempo, quizás sólo se enteró hace tres meses, cuando regresó a la ciudad.

–Eso podría ser, ya que Tom tiene justamente veinticinco años.

–¿Lo ves? Cada vez, todo coincide más.

Por un instante, permanecieron en silencio, luego Ángela dijo:

–¿Escuchó eso señora Laura?

–¿Qué cosa?

–Yo oigo voces en la habitación, parece que ya despertaron.

–Vamos a ver.

–Sí, vamos.

Cuando Laura y Ángela llegaron a la habitación se encontraron con que el Doctor y la enfermera que ya habían entrado estaban revisando a los pacientes que recién despertaban. Era de madrugada, faltaban cinco minutos para que fueran las seis de la mañana. El médico, la enfermera, los pacientes y los acompañantes, mostraban visibles síntomas de agotamiento. Sin embargo todos estaban alegres por la recuperación de Tom y Brian.

Como Laura había quedado intrigada por la conversación sostenida con Ángela, no aguantó quedarse callada con la incertidumbre de saber si ese joven era hijo de su esposo, así que preguntó:

–Brian, mi amor, ¿ustedes dos se conocían desde antes?

Ángela y Laura se quedaron expectantes ante la respuesta que iban a escuchar.

–Ehh... yo... bueno, él y yo...

Tom, estando en el cuerpo de Brian, era quien se suponía debía contestar, pero no sabía qué decir, así que dirigió su mirada al verdadero Brian para que le ayudara a responder.

–Brian, déjame responder a mí por favor –dijo el verdadero Brian y prosiguió–: como esto es algo complicado de explicar, iré directo al punto y sin rodeos. Al parecer Brian y yo somos hermanos. Hasta hace poco menos de cuatro meses ninguno sabía de la existencia del otro, sin embargo, por coincidencias de la vida , él y yo nos conocimos en un bar, la misma noche en que él sufrió el accidente y yo fui asaltado. Esa noche hablamos mucho sobre nuestras vidas y durante la conversación, le comenté a Brian que yo era huérfano de madre y que de mi padre sólo conocía su nombre, ya que mi madre había estado tan sólo una noche con él pues era un hombre casado y nunca más lo había vuelto a ver. Cuando nací, me entregó a un orfanato, pero en los documentos que firmó escribió el nombre de Norman Rees en los datos del padre, quien por coincidencia resultó ser que era el mismo nombre del padre de Brian y como hay muy pocas familias de apellido Rees en nuestra ciudad, hay muchas probabilidades de que seamos hermanos. Es por eso que me interesé tanto acerca de su estado cuando me di cuenta que estaba hospitalizado.

Brian miró a su alrededor y percibió que la historia había causado gran conmoción a todos, incluyendo al propio Tom, quien por su forma de mirarlo, parecía estar más sorprendido que todos, aun cuando ya sabía de antemano que él iba a decir que ellos eran hermanos. Laura respiró profundo y descansó ya que la duda de que Brian podría tener un hijo le traía muchos sentimientos encontrados, no sólo por la posibilidad de la infidelidad en su juventud, sino porque ella nunca había podido darle uno. Ángela, como desde hace algún tiempo suponía que eran familiares, fue la menos sorprendida y la primera que habló después que la historia terminó:

–Si lo desean, yo podría tramitar un análisis de ADN en la clínica para confirmar si son hermanos o no.

Por un momento Brian se asustó al pensar que Ángela podría descubrir la mentira si les hacía una prueba, sin embargo recordó que él nunca había dicho que estuviera confirmado que fueran hermanos, entonces no habría ningún problema si luego ella comprobaba que no lo eran y simplemente se supondría que el nombre de sus padres había sido una simple coincidencia, Luego continuó la conversación diciendo:

–Bueno, yo no considero necesaria la prueba. Igual no importa si somos o no hermanos, lo que importa es que nos conocimos y entablamos una amistad, ¿no crees eso Brian?

–Sí, opino lo mismo. No hay necesidad de pruebas. Olvidemos las pruebas.

–No puedo creer que a ustedes dos no les cause curiosidad saber si verdaderamente son hermanos o no, yo sí quiero saberlo. Ángela, ¿qué necesitas para hacer la prueba? –Preguntó Laura.

–Basta con una muestra de sangre o incluso un poco de saliva o cabello de ambos.

Luego de eso, Brian cambió de tema preguntándole a Tom y a Laura del porqué estaban visitando a "Valle Edén" y la conversación continuó dejando de lado el tema anterior.

En el transcurso de esa mañana, llamaron a una ambulancia para que los recogiera y trasladara a la clínica donde trabajaba Ángela. Brian y Tom se fueron juntos en la ambulancia y Laura y Ángela regresaron conduciendo, cada una en los vehículos en los que habían llegado.

En el camino Brian y Tom sólo cruzaron un par de palabras antes de quedarse dormidos por efecto de los calmantes que les habían suministrado.

Cuando llegaron al hospital, el recién operado fue instalado en una habitación para hacerle algunos análisis y a quien ahora era Brian, simplemente le hicieron unos exámenes de rutina para ver el estado de su corazón, encontrándose que aquel infarto, afortunadamente, no había dejado ninguna secuela y que gozaba de una salud excelente.

Quien ahora era Tom, durmió toda la noche y a la primera persona que vio al despertar a la mañana siguiente, fue a quien en adelante sería el dueño de su antiguo cuerpo, quien estaba de pie frente a su cama.

–Buenos días Tom, aún es extraño verte con mi cuerpo y llamarte por mi nombre.

–Buenos días señor Brian. Es cierto, es muy extraño, pero desde ya, tenemos que entender que esto será definitivo, así que desde ya debemos acostumbrarnos a llamarnos por nuestros nuevos nombres, es más necesito que me enseñe cómo manejar sus negocios y acordar cada cuánto nos reuniremos para que yo pueda ir pasándole reportes y que usted me diga cómo proceder.

–¿No has entendido aún? Nada de lo que acabas de decir va a suceder, no hay unos asuntos míos que tengas que resolver, ahora son *tus* asuntos, no hay dinero mío que debas manejar, ahora es *tu* dinero. No tienes que empezar a vivir mi vida, tú debes vivir tu propia vida, no tienes que seguir haciendo lo que yo hacía sólo por tener ahora el cuerpo que era mío, tú debes hacer lo que tú quieras, el dinero de Brian Rees, es de Brian Rees y ese eres tú. Yo puedo ser la persona que más te conoce en el mundo, porque tengo todos tus recuerdos en mi mente y si queremos seguir con la mentira, puedo incluso ser tu hermano menor, pero ya no soy Brian Rees. Como te dije, ese eres tú.

En ese momento, el nuevo Brian sacó de un bolsillo, un sobre de carta que llevaba el sello del hospital y dijo:

–Entiendo, entonces ahora que mencionas lo de ser hermanos, yo personalmente quería entregarte esto.

–¿Qué es? –Preguntó quien ahora era Tom, mientras estiraba la mano para recibir el sobre.

–Son los resultados de la comparación de nuestra sangre, hecha por Ángela, ella hizo el análisis sin consultarnos previamente.

Tom sacó del sobre los resultados y los leyó con atención. En él había palabras que no comprendía pero si entendió bien donde decía:

"99.7% DE CONCORDANCIA GENÉTICA DEL CROMOSOMA Y"

–¿Cómo así? ¿Esto quiere decir que verdaderamente mi padre es tu padre?

–La verdad no lo sé, en lo que a mi concierne, solamente quiere decir que los resultados están apoyando la historia que inventaste.

–¿O sea que no es mentira y realmente sí somos hermanos?

–No lo sé señor Brian. Corrijo: no lo sé Tom, pero en los últimos meses han pasado tantas cosas extrañas entre tú y yo que, la verdad, creo que ya nada que suceda debe parecernos raro, todo esto que nos ha pasado parece sacado de una novela de ficción.

–Si mi padre fue tu padre, de seguro te gustaría saber algunas cosas de él.

–Sí, pero realmente ya las sé, recuerda que yo tengo todos tus recuerdos en mi mente... digo en tu mente... bueno, tú me entiendes.

–¡Jajaja! Sí, te entiendo... él fue una gran persona, fue un gran padre y aunque pueda ser posible que haya tenido alguna aventura con tu madre, sé que fue un excelente esposo.

–Sí, lo sé.

–No sé que más decir, me quedé sin palabras.

–No tienes que decir nada más, sólo descansa... hermanito.

–Cuidado, que aunque sea yo el que parezca menor, sí somos hermanos, entonces yo soy el mayor.

–¡Jajaja! –Ambos se rieron y luego el nuevo Brian volvió a preguntar:

–¿Seguro que no deseas nada de tu dinero?

–Con que pagues la cuenta del hospital basta, lo demás lo he intercambiado por tener veinticinco años de nuevo.

–Entiendo, pero ¿no deseas al menos quedarte con una tarjeta de crédito en caso de alguna emergencia?

–Ya que insistes, déjame el coche con el que llegaste.

–Pero cualquiera de los otros dos autos que tienes en casa, o incluso el de tu esposa, son mejores que este.

–No lo hago por el coche, a Laura le parece un excelente gesto de tu parte que le regales un coche a tu hermano y así no va a estar preguntándote a todo momento de mí, ni regañándote porque no me ayudas, pues supondrá que seguimos en contacto. Además, te aseguro que ella disfrutará mucho el viaje de regreso en tren. De esa forma fue que viajamos la primera vez que nos fuimos a vivir a esa ciudad.

–Es increíble, aún con tus recuerdos en mi mente, eso nunca lo hubiera pensado.

Ambos sonrieron nuevamente y no encontraron nada más que decirse, así que se dieron un apretón de manos y se despidieron. Ya en la puerta de la habitación, Brian volteo y dijo:

–Ya sabes dónde encontrarme, por si necesitas cualquier tipo de ayuda... Hermano.

–Lo sé... ¡Hermano, espera!, recuerda lo que te dije, ¡vive tu vida!

–¡Lo haré! Nos vemos pronto.

–No sé si pronto, no creo que sea muy conveniente, pero seguramente nos veremos de nuevo... Cuida mucho a Laura e intenta hacerla feliz.

–Prometo que lo haré.

Luego de eso, Brian salió de la habitación y no volvieron a verse más.

FIN

Capítulo 17

Empezar de nuevo... De viejo

Después de haberlo consultado con su esposa, al poco tiempo de retornar a la ciudad donde ahora vivían, Brian vendió las acciones que tenía en su compañía y compró "Valle Edén", el antiguo rancho de "sus" abuelos, lugar que había maravillado a Laura.

Antes de haber pasado un año, Brian, Laura y Rocco, el perro, se habían mudado a Valle Edén y de las pertenencias del antiguo dueño de su cuerpo sólo conservó un coche y dos apartamentos que tenía arrendados en la ciudad con buenos inquilinos y que llevaban años ocupando las propiedades. Todo lo demás lo vendió para invertirlo en la remodelación de "Valle Edén", que en muy poco tiempo y con "su" habilidad de administrador, ya conocida por todos, logró que llegara a ser un excelente lugar de descanso y muy visitado por la gente de la ciudad.

Pasados siete años y luego de batallar durante más de dos contra la enfermedad, una de sus empleadas que ya era viuda, murió de cáncer dejando una hija de seis años y un pequeño de cuatro, los cuales fueron adoptados por Brian y Laura, que incluso ya los veían como hijos desde hacía tres años atrás, cuando aceptaron que su madre viviera y trabajara con ellos en "Valle Edén" y ambos niños veían, en cierta forma a Brian y Laura, como modelos a seguir y a Rocco como su mascota.

Brian, quien no había hablado con Tom por más de siete años, quiso buscarlo para contarle sobre todo lo que había hecho con su vida, la compra de la casa de sus abuelos y la adopción de los que ahora eran sus sobrinos, así que intentó buscarlo a través de lo único que sabía de él y era que su novia o quien era su novia siete años atrás, trabajaba como enfermera en una clínica que él conocía. Sin embargo, al llamar se enteró que ella había partido con Tom hacía dos años y nadie sabía hacia dónde. Se alegró de saber que él y ella posiblemente siguieran juntos y pensó que quizás él también había intentado ponerse en contacto pero no había tenido forma de hacerlo ya que pocos sabían que ahora vivía en Valle Edén.

Recordó entonces una vieja dirección de correo electrónico que el antiguo Brian usaba, de vez en cuando, para asuntos que no fueran de negocios. Esperando que aún estuviera activa y que él aún la utilizara o que al menos la revisara de vez en cuando, chequeó en Internet y confirmó que aún estaba en servicio y ya tenía una clave diferente, así que le escribió un correo diciendo:

Querido hermano:

He deseado saber de ti hace algún tiempo pero ha sido difícil localizarte, así que me tomé el atrevimiento de usar esta cuenta de correo, teniendo la esperanza que algún día la revises y me contestes.

Hace siete años que vendí casi todas tus antiguas posesiones e invertí el dinero comprando "Valle Edén", la antigua casa de tus abuelos, lugar que le fascinó a Laura desde que la conoció y en la cual vivo actualmente con ella.

Tus conocimientos como administrador me han ayudado a darle un giro a "Valle Edén" y ahora es un reconocido establecimiento, el cual da más del doble de utilidades que daba al momento de comprarlo, ahora que el negocio está como quería, le estoy volviendo a dedicar mucho tiempo a mis pinturas, las cuales curiosamente también se han comenzado a vender, pues cada vez que termino algo, lo coloco de adorno en algún lugar de la Posada y le pongo un precio de venta.

También quiero contarte que ahora tienes sobrinos: Sara, de seis años y Michael de cuatro, a quienes adoptamos hace unos meses luego de la muerte de su madre, quien era una de nuestras empleadas en "Valle Edén" y a quien aprendimos a querer y sentir como de la familia.

Aunque aún me siento con mucha vida por delante, sé que algún día no estaré más, así que las que ahora son mis pertenencias volverán a ser tuyas, lo he decidido así y lo he dejado escrito en mi testamento, ya que eres mi hermano. Pero no solamente quiero devolverte lo que siempre fue tuyo, sino darte —si me lo permites—, mis nuevas responsabilidades, como lo son Sara y Michael, a los cuales quiero que algún día conozcas y ellos sepan que pueden contar contigo en caso de que Laura y yo faltemos.

Bueno, ya sabes donde y como localizarme, así que espero que algún día me cuentes como va tu vida.

Un abrazo,

Tu hermano Brian.

Un mes después de escrita la carta, Brian recibió respuesta de Tom:

Querido hermano:
Me alegra saber ti, yo también había pensado mucho en contactarte pero no sabía si era conveniente hacerlo.

Me sorprendiste al contarme que compraste "Valle Edén", es algo con lo que siempre soñé, pero como actuaba en el pasado, esa fue una de las muchas cosas que pensé hacer y nunca hice, aun teniendo todas las posibilidades y sin que nada me lo impidiera más que la falta de impulso para decidirme. Me alegra más aún saber que Laura está feliz y que ahora tengo sobrinos que espero algún día conocer.

Por mi parte, aún sigo con Ángela, no nos hemos casado pero te aseguro que hemos vivido más experiencias juntos que muchos matrimonios. Inicialmente empezamos con la idea de recorrer el país entero, así que compré una motocicleta y cada vez que tuvimos tiempo libre, visitamos alguna ciudad o lugar diferente, sin que importara mucho el dinero que teníamos ni donde dormiríamos, para las épocas o los lugares en donde llovía, el viaje lo hicimos en el auto de ella, el cual sirvió de hotel en muchas ocasiones.

Hace dos años me gradué de la facultad de Arte y tuve la fortuna de pasar becado toda la carrera. En el tiempo que estuve estudiando, ingresé al equipo de la universidad y aunque no volví a ser el capitán y quizás ni siquiera uno de los mejores jugadores, pude cumplir mi sueño de ganar una final con mi equipo.

Tu talento de artista me ha servido de mucho, inicialmente para apreciar el arte y los gustos tan variados que se pueden encontrar en las diferentes regiones de un mismo país. Posteriormente vi en eso una posibilidad excelente de negocio, ya que lo que es barato y muchas veces menospreciado en su lugar de origen, se puede vender a mejor precio en otras regiones y, con esa idea, comencé a hacer contactos con artistas y galerías en todos los lugares que he visitado. Empecé comprando algunas pocas cosas, con el dinero que lograba conseguir en cada viaje que hacía y al volver las ponía a la venta en la galería en la que trabajaba, dándome cuenta que lo que llevaba se vendía con relativa facilidad y a un buen precio, posteriormente gané la confianza de algunas de esas personas, en las diferentes regiones y comenzaron a enviarme obras suyas o artesanías de su región, sin necesidad de que yo viajara por ellas y dándome crédito para la venta, así por medio de fotos y correos en Internet, yo escogía, de lo que querían ofrecerme, lo que quería que me enviaran.

El negocio comenzó a tomar forma hace unos tres años y desde entonces he recibido el apoyo de mi antiguo jefe y ahora socio, Don Manuel, el dueño de la galería en la que comencé trabajando desde que me llamo Tom.

Hace dos años, luego de que Ángela terminara su segunda carrera, psicología, decidimos hacer un viaje por Europa, que ha resultado ser una gran aventura y que me ha enriquecido con muchas experiencias. En poco menos de dos años, ya hemos vivido en tres lugares diferentes y conocido muchas ciudades. Me ha tocado trabajar en limpieza, como portero y hasta botones en un hotel, pero tu talento también me ha ayudado en este viaje, ya que el arte es mejor valorado en estas tierras, más aún si se es buen vendedor y en eso creo que sigo siendo bueno.

Ahora me estoy dedicando de lleno a la compra y venta de arte, sigo en contacto con mi socio Don Manuel, a quien cada vez que puedo, le envío cosas que sé que se puedan vender con facilidad en la galería, así mismo continuo desde Europa, conectado por Internet con las personas que conocí en mis viajes alrededor del país y como ellos confían en mí, me envían fotos de sus nuevos trabajos y los que elijo se los hago llegar también a Don Manuel, quien una vez logra venderlos me consigna el valor por el que lo compramos más mi parte de las ganancias, luego yo les consigno a los artistas por Internet y guardo mi parte, la cual está siendo mi ahorro para cuando regresemos, ya que actualmente vivimos con lo que logramos conseguir en cada lugar donde viajamos, olvidando temporalmente lo que vamos ganando en la galería. Como vez, no guardamos mucho pero si hemos viajado y conocido más que la mayoría.

Ángela, por su parte, también ha trabajo en muchas cosas, desde mesera hasta niñera, pero por suerte también ha tenido la oportunidad de encontrar trabajos como enfermera, lo cual ha hecho que aprenda mucho más de su carrera

En estos viajes he aprendido que a veces las personas pasan tanto tiempo trabajando que no les queda tiempo de pensar como hacer dinero y otras, que logran superar esa etapa, pasan tanto tiempo haciendo dinero que no les queda tiempo para disfrutarlo. Ángela y yo hemos disfrutado mucho y a la vez hemos aprendido demasiadas cosas, ya tenemos en nuestra mente pasar de Europa y explorar otros continentes.

También hemos hablado de la idea de tener un hijo, pero sabemos que al tenerlo no podremos continuar viajando como lo estamos haciendo, así que esa meta la cumpliremos un poco más tarde.

Hermano, me alegra que hayas tomado la decisión de contactarme, dile a Laura que le envío un gran abrazo y a Sara y Michael que espero conocerlos algún día y que siempre podrán contar conmigo.

Hasta pronto Brian,

Tu hermano Tom

FIN

Morir...
Todos moriremos algún día,
Vivir...
No todo el que esta vivo lo logra...
Pues no sólo estar vivo es vivir.
Se puede vivir para morir,
mas yo, me muero de ganas de estar vivo,
... para poder vivir.

No todos tendremos la fortuna de que el destino nos quite la vida que llevamos y nos obligue a cambiar, que nos fuerce a pensar qué es lo que verdaderamente queremos hacer y compararlo con lo que actualmente hacemos, por lo general el destino no se mete con eso, así que es tarea de cada quien morirse de vez en cuando. Matar la rutina, matar todo aquello que se hace y que no se quiere hacer, matar los malos hábitos, matar todo pensamiento negativo que nos impida conseguir lo que deseamos y luego de morirse, obligarse a nacer de nuevo, obligarse a aprender a caminar por los senderos que tenemos en nuestros sueños y convertir esos sueños en metas, obligarse a aprender cosas nuevas, obligarse a conocer personas nuevas, obligarse a ser ese ser humano que siempre se ha querido ser, obligarse a luchar por ser feliz.

Índice

Dedicatoria 7

Mensaje para los lectores 9

Brian Rees 11

Capítulo 1 13
Retorno

Capítulo 2 23
Prioridades

Capítulo 3 29
Giro en contravía y cambio de vida

Capítulo 4 33
Despertar sin saber que estás muriendo

Capítulo 5 41
Tom Archer

Capítulo 6 51
Reviviendo el pasado

Capítulo 7 59
¿Ahora qué hago con Tom?

Capítulo 8 75
Viviendo el presente

Capítulo 9...87

Aprendiendo a vivir... En la barra de un bar

Capítulo 10.. 103

Abriendo espacio para la felicidad

Capítulo 11.. 121

Brian y Tom

Capítulo 12.. 147

Seguir adelante

Capítulo 13.. 185

El final del comienzo

¿O será el comienzo del final?

Capítulo 14.. 197

Y la historia se repite

Capítulo 15.. 209

Fin

Capítulo 16.. 221

Otro retorno

Capítulo 17.. 233

Empezar de nuevo... De viejo